中國語言文字研究輯刊

初　編

許 錟 輝 主編

第1冊

《初編》總目

編 輯 部 編

《說文解字》部首及其與从屬字關係之研究

丁　亮 著

花木蘭文化出版社

國家圖書館出版品預行編目資料

《說文解字》部首及其與从屬字關係之研究／丁亮 著 -- 初版
-- 新北市：花木蘭文化出版社，2011〔民100〕
目 2+122 面；21×29.7 公分
(中國語言文字研究輯刊 初編；第1冊)
ISBN：978-986-254-697-0（精裝）
1. 說文解字 2. 中國文字 3. 研究考訂
802.08 100016353

中國語言文字研究輯刊
初 編 第一冊 ISBN：978-986-254-697-0

《說文解字》部首及其與从屬字關係之研究

作 者 丁亮
主 編 許錟輝
總 編 輯 杜潔祥
出 版 花木蘭文化出版社
發 行 所 花木蘭文化出版社
發 行 人 高小娟
聯絡地址 新北市永和區中正路五九五號七樓之三
電話：02-2923-1455／傳眞：02-2923-1452
網 址 http://www.huamulan.tw 信箱 sut81518@gmail.com
印 刷 普羅文化出版廣告事業
初 版 2011年9月
定 價 初編20冊（精裝）新台幣45,000元 版權所有・請勿翻印

《初編》總目

編輯部編

《中國語言文字研究輯刊》　初編　書目

《說文解字》研究專輯

第 一 冊　丁　亮　《說文解字》部首及其與从屬字關係之研究

第 二 冊　薛榕婷　《說文解字》人與自然類部首之文化詮釋

第 三 冊　賴雁蓉　《爾雅》與《說文》名物詞比較研究——以器用類、植物類、動物類為例

訓詁學研究專輯

第 四 冊　王安碩　馬瑞辰《毛詩傳箋通釋》通叚字研究

古代語文研究專輯

第 五 冊　魏慈德　殷墟 YH127 坑甲骨卜辭研究（上）

第 六 冊　魏慈德　殷墟 YH127 坑甲骨卜辭研究（下）

第 七 冊　柯佩君　西周金文部件分化與混同研究

第 八 冊　莊惠茹　兩周金文軍事動詞研究（上）

第 九 冊　莊惠茹　兩周金文軍事動詞研究（下）

第 十 冊　黃靜吟　楚金文研究

第十一冊　柯佩君　上海博物館藏戰國楚竹書文字研究

第十二冊　陳　立　楚系簡帛文字研究（上）

第十三冊　陳　立　楚系簡帛文字研究（中）

第十四冊　陳　立　楚系簡帛文字研究（下）

第十五冊　黃靜吟　秦簡隸變研究

第十六冊　汪怡君　漢代璽印文字研究

古代音韻研究專輯

第十七冊　張慧美　王力之上古音

第十八冊　王松木　明代等韻之類型及其開展（上）

第十九冊　王松木　明代等韻之類型及其開展（下）

第二十冊　王松木　《西儒耳目資》所反映的明末官話音系

《中國語言文字研究輯刊》初編
各書作者簡介・提要・目次

第一冊　《說文解字》部首及其與从屬字關係之研究

作者簡介

丁亮，江蘇南通石港人，民國五十二年臺灣高雄出生，愛好中國文化、中國文字與書法，碩士師從　龍宇純教授完成碩論《說文解字部首及其與從屬字關係之研究》，博士師從　唐翼明教授完成博論《無名與正名：中國上古中古知識分子的名實運動》，現任臺灣大學中國文學系助理教授。研究主以現代符號學的角度探索中國古代名實問題，嚐試從符號認知的觀點重新詮釋文字、文學與文化的互動關係，以融合中西，恢復中國人文傳統，建立新時代的中國符號學。目前則以《老子》文本爲對象，在符號觀點下針對文本的認知圖式、詮釋、形成、用字與修身、聽治等文化作用進行一系列的深入探討。

提　要

《說文解字》爲中國文字學史上第一本大書，所立五百四十部更屬前所未有的創舉，對此後之字典體制有重大影響。而創立五百四十部之關鍵乃在對部首與屬字从屬關係的掌握，因此，研究部首與屬字之从屬關係對瞭解《說文》一書極具意義。

以往學者對《說文》部首與屬字之从屬關係的研究多以注疏的方式進行，即從《說文》的角度來探討《說文》，這類研究的目的主在解釋《說文》，但在古文字興盛的今日，有必要就文字之歷史實情對部首與屬字之从屬關係再檢驗，以對《說文》一書有進一步的認識。

而從文字實況來看，《說文》部首與屬字之从屬關係實有兩種，一種是形義的基本从屬關係，即義類關係；另一則是音義的語言孳生關係，即亦聲關係。另從《說文》錯誤之从屬關係實例中，我們可以見出許多文字現象是超出《說文》掌握的，如約定與別嫌的觀念、象形字與早期會意字的字形規律、文字純形式變化規律等等。

許氏所見古文字資料有限，以上所論並不在於苛責《說文》，而是藉助實例分析對《說文》有更進一步的認識，以爲學者研究時參考。研究中亦發現《說文》有著過度重視文字字面形式之傾向，王筠謂「即字求字，且牽連它字以求此字，於古人制作之意隔」，此現象顯示《說文》似乎有著極強烈的共時性（syn-chronic），這或許是另一值得研究的課題了。

目　次

第二冊　《說文解字》人與自然類部首之文化詮釋

作者簡介

薛榕婷，淡江大學中文所碩士。

曾任中華民國漢語文化學會秘書長，從事國際漢語教學。

研究專長：文字學、聲韻學、訓詁學、詞彙學、語言學。

喜愛中國傳統文化，對中國文化史有強烈興趣，於相關社會、文化、信仰、認知、語言、飲食、器用等各方面進行思考研究。關注漢字與文化課題，訓練個人判斷與觀察趣味，挖掘文字資料底下包羅萬象的生活面貌，實現由平面文字建構出立體世界的理想。

提　要

現代社會文化的面貌是古文化經過長久的沉積、承接與轉換而來，闡釋文化即是對於人類存在與創造價值的闡釋。然而隨著歷史長河演繹變動之際，語言文字的詮釋便成爲聯繫古今文化的重要力量。通過詞義系統的分析，能夠揭示文獻詞義形成時所依據的文化背景。漢語與中國歷史文化具有密不可分的關係；漢語的理論與規律，便是在表述中國歷史文化的過程中形成與發揮作用的。因爲漢語所具有前後遞嬗的連續性和古今貫通的綜合性；對於從古至今在根本上一脈相承的漢語詞義，東漢許慎所著之《說文解字》所載錄的上古詞義體系與歷史社會文化體系，能夠對於研究漢語之產生以及發展給予啓示與幫助。

本文的研究分爲兩部分，一爲部首的意義劃分與重新歸類，二爲部首的詮釋與文化意涵分析。以探討人與自然兩類之部首爲主題，乃自《說文》五百四十部首中劃分出此二類相關之部首，再依屬性與關聯性分項，以類相從，重新編排。各類內容的編排次第，基本上先列名稱、再談型態，其動作或產物最後。字義的解說著重於文化觀點的詮釋，以本義爲主但不以爲侷限。並徵引段玉裁注、十三經、諸子書、史籍以幫助說明，相爲佐證。每章之首附加分類表格，概括全文內容，以下爲字釋義與文化詮釋。人爲自然之一部分，又與自然對應，具有創造能力。作爲一個理解的主體，應該先從自我的認識與理解爲起始，再擴及對於自然的理解與對待。因此本文之探討主題以人與自然類之部首爲中心，區別於人爲物質以及精神制度之外。人與自然之間相互影響、利用、學習，進而演化出認知體系作爲人認識與對待自然之依據，而這些理解反映在語言當中，用於人爲世界之溝通與表達，並轉化爲文化概念的一部分。本文所討論以部首字爲中心，其從屬字可供幫助了解、加強概念說明者，亦援引爲解說。

古文字資料與《說文》衝突、或推翻《說文》者，仍存許愼之說。因爲若以探求文字本源的角度而言，今人掌握了出土文物當中的古文字資料，反而比許愼更貼近造字之初，因此據以批判《說文》當中對於文字原始意義誤解的部分。然而，《說文》所呈現的，是漢代的整體文化概念之下對於文字的認知與使用，而非更早的甲骨文時期對於文字的理解。造字之初當然皆依其本義，後世用字則有可能發生轉移或變化。這樣的現象就該時代環境而言，並非「錯誤」，僅是時間推移所產生的「改變」。同樣地，文化的形式與內涵也可能發生變異，反映在語言的認知與使用上。某些概念可能自上古以來未有改變，也可能到了漢代以後才產生變化，或者在漢代之時就已經有所轉移。而漢代已發展的新概念有可能沿用至今，也可能有所消長。這些現象從資料的匯集便可以看出各種文化面貌的歷程長短各有不同。

目　次

第三冊　《爾雅》與《說文》名物詞比較研究——以器用類、植物類、動物類為例

作者簡介

賴雁蓉，大學與碩士班均就讀於國立中正大學中國文學系，於中國民國 96 年取得國立中正大學中國文學系碩士學位。

大學二年級接觸文字學領域後，便對浩瀚的文字學史、文字圖像與文化產生濃厚的興趣，影響所及，攻讀碩士班時便以文字領域作為研究對象。修課期間，在周虎林老師、陳韻老師、莊雅州老師、黃靜吟老師的細心教導下，對文字領域的視野日益拓展。碩士二年級上學期擬訂碩士論文方向後，旋即著手蒐集、處理材料，期間，於「國立中正大學中國文學研究所的研究生論文集刊」首先發表與碩士論文議題相關論文一篇：〈《爾雅・釋木》與《說文・木部》之比較研究〉，碩士論文亦即在該篇期刊論文的基礎上發展出其規模。

雖已暫離學術領域，但對相關論題仍舊關切，也許哪天會再重返文字學領域，未到終點，人生難測；期許自己對生命能保持熱情，積極進取，不辜負上述諸師的眞心教誨。

提　要

《爾雅》是中國第一部綜合性辭書，也是中國第一部百科全書及同義詞典。《爾雅》〈釋草〉以下七篇的出現，即是「多識於鳥獸草木之名」的具體落實，後世的字書、類書、雅學、本草莫不以此為典範，其影響之深遠，由此可見。《說文》為字書之祖，其編纂除參考《爾雅》及群書乃至通人之說外，還分別部居，自開新局，對後世之影響亦十分深遠。有關動植物的資料，在《說文》中散見於三十幾個部首，其取材角度、編輯體例與《爾雅》互有異同，價值也與《爾雅》先後輝映。無論就語言文字學、科技史乃至文化而言，均有詳加對照來觀察二書優劣、承襲的必要，可惜自古以來的研究多側重在兩者個別的校勘、補正、音訓、考釋、釋例等方面的工作，很少將兩者加以比較，今即以《爾雅》與《說文》的器用類、植物類、動物類之名物詞為例來進行比較，探討《爾雅》與《說文》在語言、科技、社會文化等方面的對應關係，並為《爾雅》與《說文》開啓另一個研究面向。

目 次

第四冊　馬瑞辰《毛詩傳箋通釋》通叚字研究

作者簡介

王安碩，字仲偉，西元 1979 年生，臺灣臺北人。

天主教輔仁大學中國文學系、私立東海大學中國文學系碩士班畢業。目前於私立東海大學中國文學系博士班修業中，現爲東海大學中國文學系兼任講師。

提　要

馬瑞辰爲清乾嘉時期注解《毛詩》之佼佼者，其《毛詩傳箋通釋》一書對《詩經》中之章句詞義、名物制度、禮制等等均有廣泛且深入的考證，對《詩經》詮釋與疏解有極大的價值與貢獻。《毛詩傳箋通釋》一書中，辨別通叚字佔了很大份量，雖然馬瑞辰辨識通叚字「因聲求義」之方式與清代考據學者並無二致，但他善於運用異文比對、詩文上下文脈及詞語與句型上的歸納，充分掌握詩義，在通叚字的考辨上確實有優於前儒之處，故能得到相當豐碩的成果。然而，馬氏對通叚字之判讀並非全無問題，本文擬擇要考辨馬瑞辰《毛詩傳箋通釋》討論通叚問題實值得在商榷之若干條例，以解決馬瑞辰《毛詩傳箋通釋》一書以通叚詮釋《詩經》時所呈現出的問題。

目　次

第五、六冊　殷墟 YH127 坑甲骨卜辭研究

作者簡介

魏慈德，1969 年生，國立政治大學中文系博士（2001 年），曾任中央研究院歷史語言研究所臨時計畫助理、博士後研究，及國立東華大學中文系助理教授、副教授。學術專長爲古文字學，著有《中國古代風神崇拜》、《殷墟花園莊東地甲骨卜辭研究》，及學術論文卅餘篇。

提　要

中央研究院歷史語言研究所於 1936 年在河南安陽小屯所進行的第十三次發掘中，出土一坑甲骨，爲目前同坑出土甲骨數量最多者，由於是出於一個編號爲 127 的坑中，故名之爲 127 坑甲骨。本書針對 127 坑甲骨的發掘過程，甲骨的編號、綴合與流散過程加以說明，並對此坑甲骨的分類及排譜作了詳盡的分析與研究，文末還附錄《甲骨文合集》對此坑甲骨的綴合號碼及此坑甲骨到目前爲止的相關綴合等。

目　次

上　冊

第七冊　西周金文部件分化與混同研究

作者簡介

柯佩君，高雄師範大學文學博士，目前為高雄大學通識教育中心兼任助理教授。研究方向為語言文字學，側重古文字。主要著作有《上海博物館藏戰國楚竹書文字研究》、〈上博簡幾個字形變易小議〉、〈上博簡與《說文》重文對勘研究〉、〈上博簡非楚系字形研討〉、〈《禮記・緇衣》與簡本〈緇衣〉徵引異同辨析〉、〈讀〈競建內之〉、〈鮑叔牙與隰朋之諫〉劄記〉、〈《韻通》聲母研究〉、〈西周晚期金文正俗字研究〉等。

提　要

本文從部件的角度探查西周金文部件分化與混同的文字演變現象。

經討論可知，西周金文部件分化時，整字部件分化早，構成部件分化晚；於此之中，常用複合詞則會延緩部件分化。部件分化將會對文字系統造成影響，其影響有四：部件分化的可與不可逆轉性；強化文字表達語言的清晰度；促進字形與字義的內部調整；減少獨體象形字形數量。西周金文部件混同時，部件混同多發生於構成部件，且以意義功能相近或形近者最易造成混同現象。部件混同將會對文字系統造成影響，其影響有三：易形成構成部件混同模式，致使異體字大量增加；構成部件使用朝趨同性的方向發展；縮減構成部件量，進而增加使用效率。

又西周金文部件分化與混同的演化乃是相互發展與制衡的一體兩面，若能釐清此文字演變現象，則有助於掌握文字的發展。

目　次

第八、九冊　兩周金文軍事動詞研究

作者簡介

莊惠茹，高雄縣人，成功大學中文所碩士、博士。曾任中央研究院歷史語言研究所專任助理、國立臺灣文學館助理研究員、現任國家圖書館編輯。研究重心爲古文字學，尤以兩周青銅器銘文之語法現象爲關注焦點，累計發表相關論文十餘篇。

提　要

本文以兩周軍事動詞爲研究對象，研究對象爲兩周青銅器銘文，並旁及甲骨文、簡帛文字等古文字資料。

本文在討論每一個軍事動詞時，先考辨其形義源流，在明晰字義發展與變化下，就其在兩周金文中的用法進行窮盡性的定量分析及計量統計，並藉由比較其他出土語料（甲骨文、簡帛文字）以明其用法異同，並援用句法、語義、語用三個平面語法理論對個別字分析。

據觀察，兩周金文共有 123 個軍事動詞，展現 134 種軍事用法，存在於 660 條文例中。諸動詞可依軍事活動進程分爲（一）先備工作、（二）發動戰事、（三）戰果、（四）班返、（五）安協等五大類，各大類下再依義項區分，共計十八小項。諸動詞的使用具明顯時代差異，以西周晚期高達 209 次的用例數高居兩周之冠，並聚焦於爭戰頻繁的厲、宣時期。

在語法結構方面，兩周金文軍事動詞以及物動詞居多，及物動詞每以「S＋V＋O」爲基本句型，動詞之後皆爲單賓結構，受事賓語成分單純，皆爲動作施及的對象或處所。不及物動詞後若接名詞，則必爲處所補語，該處所補語由介詞引介，以「介賓」形式構成一動補結構。兩周金文軍事動詞的狀語成分豐富，計有副詞、助動詞、語助詞、介詞、連詞、形容詞、數詞等七種成分，主要起修飾及限定作用，在七類狀語成分裡，尤以副詞數量最大，可依副詞意義區分爲表時間、程度、狀態、範圍、連接、否定、疑問、判斷等八種。爲建構軍事動詞之語義平面，本文以軍事動詞爲中心，探討其與五項論元：原因、施事、受事、空間、時間所構成的語義關係。

漢語軍事動詞萌芽自殷商甲骨文，至西周金文發展成熟，兩周時期共創製 52 個新造字，強調攻擊行動、具完備文意的新生詞多數產生於春秋時期，新詞的創製每以形聲結構爲表現形式，此乃因應時代變遷下的語境需求所致。這些新詞僅少數沿用至秦漢，多數爲兩周時期所特有，展現兩周軍事動詞的獨特用法。

目　次

凡　例

第十冊　楚金文研究

作者簡介

黃靜吟，女，臺灣省屏東縣人。1997 年畢業於國立中山大學中文系，獲文學博士學位。曾任教於國立空中大學、國立中山大學、國立花蓮師範學院，現任國立中正大學中國文學系專任副教授。從事古文字、現代漢字、古漢語及古文獻的研究；講授文字學、古文字學、訓詁學、國學導讀、應用文……等課程。著有《秦簡隸變研究》、《楚金文研究》、《漢字筆順研究》、〈試論楚銅器分期斷代之標準〉、〈「徐、舒」金文析論〉、〈漢字筆順的存在價值析論〉、〈春秋三傳「滕侯卒」考辨〉、

〈論項安世在古音學上的地位〉、〈從段玉裁“詩經韻表”與“群經韻表”之古合韻現象看古韻十七部的次第〉、〈《穀梁》:「大夫出奔反，以好曰歸，以惡曰入。」例辨〉、〈周禮井田制初探〉……等學術論作。

提　要

本論文之研究目的，在於對楚國金文作一全面的介紹、分析、考察，期望透過對楚金文的瞭解，探查楚國歷史、文化，進而反映出中國先秦的古文明，奠定研究漢字發展史的良好基石。

本文共分正文與附錄兩大部分。正文是本文研究主題之相關論述，概分七章：

第一章「緒論」，說明研究動機、目的、範疇與方法，以及先秦時期楚國銅器的發展，前人對楚金文的著錄與研究等課題。

第二章「楚金文之斷代與分期」，提出十八組楚金文標準斷代器，一一考察其年代，再據以將搜羅所得的一百四十二組楚金文，劃分爲西周時期、春秋早期、春秋中期、春秋晚期、戰國早期、戰國中期、戰國晚期七期。

第三章「楚金文之筆勢與形構變化」，分析楚金文表現於筆勢風格與形構演變上的現象，突顯其字形不定形、多變化的特點。

第四章「楚金文與各系金文之比較」，以楚金文與春秋戰國時期其它四系金文作比對，歸納出同異之處，發掘楚金文與四系金文在形構上的特色，以作爲日後研究金文，分域與斷代的依據。

第五章「楚金文之異體字」，對異體字作一嚴格定義，選釋楚金文中之異體字，以明其與正體字之間「一字異形」的關係。

第六章「楚金文考釋」，針對楚金文中部分釋讀尚有疑問的的字，重新加以檢討、論述，求其確解。

第七章「結論」，介紹楚金文的研究價値，總結本文研究成果，並提出對未來研究古文字的展望。

附錄部分爲「楚金文字形表」，以電腦軟體配合掃描器編製而成，總共收錄五百個楚金文字頭，可作爲研究古文字的基本材料。

目　次

第十一冊　上海博物館藏戰國楚竹書文字研究

作者簡介

柯佩君，1979 年生，高雄師範大學文學博士，目前爲高雄大學通識教育中心兼任助理教授。研究方向爲語言文字學，側重古文字。主要著作有《西周金文部件分化與混同研究》、〈上博簡幾個字形變易小議〉、〈上博簡與《說文》重文對勘研究〉、〈上博簡非楚系字形研討〉、〈《禮記・緇衣》與簡本〈緇衣〉徵引異同辨析〉、〈讀〈競建內之〉、〈鮑叔牙與隰朋之諫〉劄記〉、〈《韻通》聲母研究〉、〈西周晚期金文正俗字研究〉等。

提　要

本文以上海博物館藏戰國楚竹書文字作爲主要研究對象，主旨側重於文字異形現象的討論，試圖透過考察、分析，替上博簡文字紛亂的現象理出文字演變的規律。文分七章：

第一章說明研究動機與目的、上博簡況概論、範疇與方法、前人對上博簡文字構形的整理與研究等課題。

第二章透過文字構形分析，歸結上博簡文字構形變易有增繁、簡省、異化、訛變、類化等原則可循。

第三章藉由文字地域性特徵討論上博簡文字不僅存有大量楚系文字色彩，還兼有齊及他系文字色彩，甚至還有一個字形中有兩種以上的文字色彩，顯示上博簡文字不僅具有地域性色彩，尙表現文字相互影響的證據。以此回對底本則可進一步討論底本、抄本、抄手間的關係。

第四章指出上博簡文字在字形結構與筆法上已有隸化的現象，雖結體多未完全脫離小篆，但有些部件寫法已有隸化現象，在筆畫運寫過程中則或有呈現隸化的筆法。此外，上博簡文字除了也有表現出連筆、省併的草寫筆法，還有類似楷筆的特殊寫法。可見上博簡文字在筆墨間活潑豐富的面貌。

第五章將上博簡文字與《說文》重文作一比對，透過吻合的例證，可見《說文》重文除了體現甲金文字形體外，還收有戰國楚系特色的字形，甚至可說明《說文》重文字形來源的依據。此外，尙可透過上博簡字形校正《說文》重文構形理據，並重新審視「戰國時秦用籀文，六國用古文」的說法。

第六章將上博簡與秦、晉手書文字比對，並歸納其異同。

第七章介紹上博簡文字研究價值，總結全文研究成果，並提出研究上博簡的未來展望。

目　次

第十二、十三、十四冊　楚系簡帛文字研究

作者簡介

作者／陳立
學歷／國立臺灣大學文學博士
現職／國立高雄師範大學國文系

提　要

全文分爲十章：第一章爲「緒論」，主要介紹本文寫作的緣由、材料、方法、目的，以及章節、內容的安排。第二章爲出土簡帛的概述，就楚系墓葬出土的竹簡、帛書予以觀察和介紹，並依據竹簡所載史事、墓葬的形式與隨葬品組合、碳14(放射性碳素)等方面，作初步的斷代，藉以知曉這批龐大資料的前後年代順序。第三章至第九章爲正文的部分，藉由與甲骨文、金文等資料的對照，以及簡帛中相同或相近的辭例裡所出現同一文字的字形比較，瞭解其間之增繁、省減、類化、文字異體與合文的現象，並就簡帛所載的通假字進行討論，透過上古聲韻的分析，瞭解楚系簡帛文字習用的通假方式，然後再逐漸向外探討簡帛文字與同域的楚金文間的差異，以及與《說文》古文字形的相合情形。第十章爲整篇論文的總結。

目　次

第十五冊　秦簡隸變研究

作者簡介

黃靜吟，女，臺灣省屏東縣人。1997 年畢業於國立中山大學中文系，獲文學博士學位。曾任教於國立空中大學、國立中山大學、國立花蓮師範學院，現任國立中正大學中國文學系專任副教授。從事古文字、現代漢字、古漢語及古文獻的研究；講授文字學、古文字學、訓詁學、國學導讀、應用文……等課程。著有《秦簡隸變研究》、《楚金文研究》、《漢字筆順研究》、〈試論楚銅器分期斷代之標準〉、〈「徐、舒」金文析論〉、〈漢字筆順的存在價值析論〉、〈春秋三傳「滕侯卒」考辨〉、〈論項安世在古音學上的地位〉、〈從段玉裁“詩經韻表”與“群經韻表”之古合韻現象看古韻十七部的次第〉、〈《穀梁》:「大夫出奔反，以好曰歸，以惡曰入。」例辨〉、〈周禮井田制初探〉……等學術論作。

提　要

隸變，是漢字由小篆演變爲隸書的過程，是漢字發展史上的一個轉捩點，標志著古漢字演變成現代漢字的起點。有隸變，才有今天的漢字，可見得研究隸變不但對一個文字學者來說是非常重要的，對研究漢族文化的人也同樣重要。

一九七五年是秦簡首次出土，至本書撰寫時計發現了四批秦簡材料，分別爲——雲夢睡虎地秦簡、雲夢睡虎地木牘、青川郝家坪木牘、天水放馬灘秦簡。本書即利用此四批秦國簡牘材料，分析秦簡文字形構的演化，來論證隸書的起源與發展，進一步闡述隸變的方式和規律。

此四批秦簡均爲墨書文字，有許多字形不同於小篆反而同於籀文、古文，且又保留了許多古字形義；但更易、簡化、繁化和訛變的成分漸多，很多偏旁已是草體的寫法。橫豎交叉的筆畫處理，明顯斷開，簡短斬截的隸書筆觸也較醒目，橫畫的排迭已多帶隸意。由於處在隸變的階段，字體結構方式不夠成熟，字形也不統一，同一個字往往有不同的寫法，甚至同一字的偏旁也作不同的處理。整體而言，秦簡字形較小篆約易，與六國文字比較起來，是穩定而較具標準性、規範性的；秦簡的出現，使得隸書發展過程中向來空白的秦隸階段得以補足，也使得隸變的演化漸趨定形，異體字大爲減少，奠定隸楷發展之基。

目　次

第十六冊　漢代璽印文字研究

作者簡介

汪怡君，臺灣台南人。國立中正大學中國文學系碩士。著有《漢代璽印文字研究》，單篇論文〈《周禮・秋官司寇・職金》:「楬而璽之。」析探〉、〈論《老殘遊記》思想蘊含—以璵姑之說為討論核心〉。

提　要

昔人研治兩漢文字，多以許慎《說文解字》為方向，進行形、音、義乃至六書之辨別，然自地下文物大量出土，包括璽印、封泥、簡帛、石刻等材料，不啻為漢代文字研究提供新面向。其中，於璽印實物上，因在有限印面鑄刻文字，故字體多具筆勢變化，不失藝術特殊面貌；又在史料佐證上，漢代璽印深具補史、考史特性。歷來對漢印文字研究，除羅福頤《漢印文字徵》、《漢印文字徵補遺》二書較具統整性外，其餘多為單篇論文，零星散佈，鮮少具全面性探索者；然羅氏二書成書較早，距今已二十餘年，所著或有缺漏、誤釋，故對漢印文字之研究，仍待拓展。至於其他學者著作或偏官印，或偏私印，而有關漢代璽印通論性的研究專著，更是付諸闕如。前人耕耘，後人承接，鑒於目前漢印研究諸多侷限，本文撰寫，將奠基於前賢成果上，冀在娓娓探求中，能對漢代璽印文字作全面性歸納與剖析。

目　次

圖版目次

表格目次

第十七冊　王力之上古音

作者簡介

張慧美

東海大學中國文學博士（1996 年元月）

曾專任於國立中正大學

現爲國立彰化師範大學國文學系專任教授

曾主講語言學概論、語音史、聲韻學、訓詁學、教學語言藝術、古音學研究、聲韻學與國文教學專題研究、音韻學專題研究、詞彙學研究、語言風格學研究等課程。

1988年於《大陸雜誌》發表〈朱翱反切中的重紐問題〉，並陸續於學報、期刊發表有關「上古音」、「中古音」、「現代音」、「語言風格學」等方面之論文四十餘篇。

提　要

王力之於上古音，投注其心力凡數十年之久，先後發表的專書與論文多種，自最先西元1937年的《上古韻母系統研究》，到最後西元1985年的《漢語語音史》，其間見解不盡相同，若想徹底了解其學說，實非易事。必須將其學說，放在整個上古音的研究歷史上來探討，看他接受了那些前人的成績？又有那些是不肯接受的？自己提出的意見是否因為有了新的材料發現？新的觀念產生？如果前後其意見有所不同，是否曾接受了其他學者的意見而修正自己的說法？究竟那些是其貢獻？是否還有沒注意到的地方？或有與各家意見未盡相同的問題？這些都是我們所希望知道的。至於他對學術鍥而不舍、力求創新的研究精神，當然是我們應該效法的典範。

本文便是按照上述所希望知道的各點，加以研究。大綱分為：第一章，王力生平簡介及著作分類目錄與版本。第二章，清以來對上古音研究之情況概述。第三章，王力之上古音及問題之檢討。第四章，結語。

本文之重點在第三章，內容包括了王力上古音學說之鳥瞰，並從歷史的角度指出其因承與創新；另一方面是問題之檢討，重點在評論其得失和學者對王力學說之看法，並依古漢語音類的區分和古音的構擬兩大方向來述評、討論。第四章結語，乃是針對本文第三章之研究心得，所作出之結論。

對於研究王力這樣一位負盛名的大家的古音學，除了客觀的將其學說判析陳之於眾外，在寫作過程中，也盡量於折中眾說中提出具體之理由，而避免主觀之臆測。

目　次

第十八、十九冊　明代等韻之類型及其開展

作者簡介

王松木

學歷：中正大學中文研究所博士

現職：高雄師範大學國文系教授

經歷：國中國文科教師、文藻外語學院共同科助理教授、高雄師大華語文教學研究所副教授、中華民國聲韻學學會秘書長

論文：碩士學位論文《〈西儒耳目資〉所反映的明末官話音系》，另有專書《傳統訓詁學的現代轉化—從認知的觀點論漢語詞義演化的機制》、《擬音之外—明清韻圖之設計理念與音學思想》，以及學術論文〈明代等韻家之反切改良方案及其設計理念〉、〈網路空間的書寫模式—論網路語言的象似性與創造性〉、〈論音韻思想及其必要性—從「魯國堯問題」談起〉、〈會通與超勝—從演化模型看高本漢典範的發展與挑戰〉、〈調適與轉化—論明末入華耶穌會士對漢語的學習、研究與指導〉等。

提　要

本論文將韻圖重新定位為：等韻學家分析音韻結構的主觀詮釋系統，而非僅是

客觀描寫語音的形式框架。在韻圖的類型的區分上，並不沿循過往以韻圖音系爲基準的分類方式，而改以作者之編撰目的爲分類依據，將明代韻圖總括成：「拼讀反切、辨明音值的音表」、「雜糅象數、闡釋音理的圖式」、「假借音韻、證成玄理的論著」三大類型；對於明代等韻學的歷時開展，則是參照據韻圖的社會功能與文化屬性，梳理出四大支系：「僧徒轉唱佛經的對音字圖」、「士子科舉賦詩的正音字表」、「哲人證成玄理的象數圖式」、「西儒學習漢語的資助工具」。如此，分別從類型學（横向）、發生學角度（縱向）觀察，冀能對明代韻圖的發展譜系有更深一層的認識。

本論文採取由外圍而漸至內核的寫作方式。全文共分七章，首尾兩章（緒論、結語）旨在反思與瞻望漢語音韻研究的發展趨向；第二章追溯等韻學的起始源頭，並確立本文的研究進路（文化取向）與分析模式（符號學）；第三、四、五章分別討論三種不同類型的韻圖；第六章則總結明代韻圖的發展譜系。

目　次

上　冊

附錄書影

第二十冊　《西儒耳目資》所反映的明末官話音系

作者簡介

王松木

學歷：中正大學中文研究所博士

現職：高雄師範大學國文系教授

經歷：國中國文科教師、文藻外語學院共同科助理教授、高雄師大華語文教學研究所副教授、中華民國聲韻學學會秘書長

論文：碩士學位論文《〈西儒耳目資〉所反映的明末官話音系》，另有專書《傳統訓詁學的現代轉化——從認知的觀點論漢語詞義演化的機制》、《擬音之外——明清韻圖之設計理念與音學思想》，以及學術論文〈明代等韻家之反切改良方案及其設計理念〉、〈網路空間的書寫模式——論網路語言的象似性與創造性〉、〈論音韻思想及其必要性——從「魯國堯問題」談起〉、〈會通與超勝——從演化模型看高本漢典範的發展與挑戰〉、〈調適與轉化——論明末入華耶穌會士對漢語的學習、研究與指導〉等。

提　要

探究漢語共同語的歷時發展當以斷代專書的研究為基礎--即是先揀擇各個斷代

中能確切反映共同語實際語音的語料，作窮盡式的剖析。待各共時平面的音韻結構皆已全然釐清，即可貫通各時代音韻系統的推移、分合的情形，尋繹出音韻系統演變的規律，從而藉此洞悉華夏共同語歷時嬗遞的動態歷程。本文以《〈西儒耳目資〉所反映的明末官話音系》爲題，主要的目的即在以《西儒耳目資》爲主要材料，擬構出明末的官話音系；兼論西儒的音韻學理，對傳統漢語音韻學的影響。冀能經由此次的研究，描述現代國語的源頭，而能對共同語語音發展史的建構略有助益。本文概分爲九章。第一章〈緒論〉，旨在點明本文的研究動機，並簡介全文的研究方法及其理論基礎。第二章〈《西儒耳目資》的背景概述〉，論述《西儒耳目資》成書的內因、外緣，考查參與編撰者的生平，並闡明全書的內容、體例及記音性質。第三章〈《西儒耳目資》的記音方式〉，筆者運用現代語音學知識，解析書中特殊的音韻術語，追溯西儒標音符號的擬訂過程，且評析中西合璧的拼音方式--「四品切法」。第四章〈《西儒耳目資》的聲母系統〉，考察《西儒耳目資》聲類與《廣韻》聲紐的對應關係，擬構出語音歷時演化的規律，並參照現代官話方言調查報告，擬測出各聲母的具體音值；至於若干逸出音變歸律的例外現象，則嘗試著探索音變的潛在原因。第五章〈《西儒耳目資》的韻母系統〉，將含甚/次/中區別的韻類從五十韻攝中剝離出來，分別擬測爲各個音位擬訂具體音值。第六章〈《西儒耳目資》的聲調系統〉，依據〈列音韻譜問答〉與范芳濟《官話語法》對於官話聲調的描寫，歸納出各調位的區別特徵，進而參照江淮官話聲調分布概況，擬測出各調位的具體調值。第七章〈《西儒耳目資》的基礎方言〉，將《西儒耳目資》所呈現的音韻特徵與現代江淮官話相對比，證明兩種音系密切的相關；再考查域外學習漢語的情形，佐證明末之時以南京話爲主體的江淮官話，具有作爲共同語標準音的社會基礎。綜合各項證據，得知：《西儒耳目資》的基礎音系乃是明末南京音。第八章〈《西儒耳目資》在漢語語音發展史上的定位〉，以明末官話爲基點，上溯宋元，下推清、民國，粗略地探索出近代共同語標準音轉換的動態歷程。第九章〈結論〉，總結全文，並瞻望論題的深入發展。

目　次

《說文解字》部首
及其與从屬字關係之研究

丁 亮 著

作者簡介

丁亮，江蘇南通石港人，民國五十二年臺灣高雄出生，愛好中國文化、中國文字與書法，碩士師從　龍宇純教授完成碩論《說文解字部首及其與從屬字關係之研究》，博士師從　唐翼明教授完成博論《無名與正名：中國上古中古知識分子的名實運動》，現任臺灣大學中國文學系助理教授。研究主以現代符號學的角度探索中國古代名實問題，嘗試從符號認知的觀點重新詮釋文字、文學與文化的互動關係，以融合中西，恢復中國人文傳統，建立新時代的中國符號學。目前則以《老子》文本為對象，在符號觀點下針對文本的認知圖式、詮釋、形成、用字與修身、聽治等文化作用進行一系列的深入探討。

提　要

《說文解字》爲中國文字學史上第一本大書，所立五百四十部更屬前所未有的創舉，對此後之字典體制有重大影響。而創立五百四十部之關鍵乃在對部首與屬字从屬關係的掌握，因此，研究部首與屬字之从屬關係對瞭解《說文》一書極具意義。

以往學者對《說文》部首與屬字之从屬關係的研究多以注疏的方式進行，即從《說文》的角度來探討《說文》，這類研究的目的主在解釋《說文》，但在古文字興盛的今日，有必要就文字之歷史實情對部首與屬字之从屬關係再檢驗，以對《說文》一書有進一步的認識。

而從文字實況來看，《說文》部首與屬字之从屬關係實有兩種，一種是形義的基本从屬關係，即義類關係；另一則是音義的語言孳生關係，即亦聲關係。另從《說文》錯誤之从屬關係實例中，我們可以見出許多文字現象是超出《說文》掌握的，如約定與別嫌的觀念、象形字與早期會意字的字形規律、文字純形式變化規律等等。

許氏所見古文字資料有限，以上所論並不在於苛責《說文》，而是藉助實例分析對《說文》有更進一步的認識，以為學者研究時參考。研究中亦發現《說文》有著過度重視文字字面形式之傾向，王筠謂「即字求字，且牽連它字以求此字，於古人制作之意隔」，此現象顯示《說文》似乎有著極強烈的共時性（syn-chronic），這或許是另一值得研究的課題了。

目次

凡例

一、本文所據《說文解字》以徐鉉本（世稱大徐本）爲主，鉉本如有衍羨譌奪者，則依鍇本（世稱小徐本）、段玉裁《說文解字注》及各家之說以考證之，所據切語上下字，以徐鉉說文所注爲準。

二、本文本論中之實例分析，所論實例之先後悉依鉉本《說文解字》之卷次爲序。

三、本文所徵引之甲文、金文，以《甲骨文編》、《金文編》所輯者爲主，不另注明出處，若有出自它處者，則另予注明。

四、本文所徵引諸家之說，轉引自《甲骨文字集釋》及《金文詁林》者，不另注明出處，若有出自它處者，則另予注明。

五、本文所徵引甲文、金文以外之古文字字形，如石鼓文、陶文等，以《漢語古文字字形表》所輯者爲主，不另注明出處。

六、本文所引常用書名之簡稱如下：

《說文解字》簡稱爲《說文》

《說文解字注》簡稱爲《段注》

《說文釋例》簡稱爲《釋例》

《說文讀記一》簡稱爲《說記一》

《甲骨文編》簡稱爲《甲編》

《甲骨文字集釋》簡稱爲《甲集》

《甲骨文字典》簡稱爲《甲典》

《金文編》簡稱爲《金編》

《金文詁林》簡稱爲《金詁》

《漢語古文字字形表》簡稱爲《漢表》

七、本文所稱《中國文字學》皆指　龍師所著《中國文字學》。

八、本文實例分析中所論各例，每部前均有部號，部名後有部中字數、重文數，如「001 一部 51」表示一部爲《說文解字》一書的第一部，部中部首與屬字共有五個，重文一個。又每一分析例之字前有字號，字號前三碼爲部號，後三碼爲其字在部中之字序，如「001002 元」表示此字爲《說文》第一部之第二個字。

九、本文後附實例分析之索引，凡經討論具有字號之字，皆列出其頁碼，以便檢索。

十、本文提及諸位學者時，凡直接教過筆者的學者皆稱師，凡爲筆者老師的老師者稱先生，餘學者直表其姓名，並無不敬之意。參考書目中之著者則皆不加敬稱。

第一章　緒　論

第一節　五百四十部之重要性

一、字書之創舉

《說文解字》一書的出現爲文字學上一件大事，〔註 1〕其建立五百四十部，產生部首與屬字，以五百四十個部首統領所有中國文字，實屬創舉，爲文字學上一大貢獻，《說文・序》謂：

> 其建首也，立一爲耑，方以類聚，物以群分，同條牽屬，共理相貫，雜而不越，據形系聯，引而申之，以究萬原，畢終於亥，知化窮冥。

將中國字依其內涵，有條不紊的置於其所，無論在理論上或是實用上均超邁其前之諸字書如《爾雅》、《倉頡篇》、《急就篇》者甚多，〔註 2〕如《爾雅》祇是依

〔註 1〕參《中國文字學》頁 405，書謂《說文》的出現於文字學史中爲第二件大事，第一件大事爲六書說。

〔註 2〕三書就其性質而言本無需涉及理論，然亦不排斥，即如童蒙識字之書，起始簡單介紹一下六書理論以利孩童學習並無不可，故《說文・序》載「周禮八歲入小學，保氏教國子先以六書」一事歷來未爲學者以爲極不合理。而《倉頡篇》在漢時已非如千字文之童蒙書，而是學者讀物，故孝宣、孝平皇帝分別徵召識者讀之、說之，然今日所見阜陽漢簡中漢代改編之《倉頡篇》並無理論、說解之跡。而《說

義聚字，說解過簡，使用上亦極不便，檢索與識字都成問題，〔註 3〕且一字未必僅見於書中一處，餘二書亦難檢索，唯《說文》可據字形檢索，〔註 4〕每一字下有字義之專解，且一字僅一見，〔註 5〕凡古文、籀文、或體、俗體等重文皆系正文之下，另有讀若以說字音，無論在學術上或實用上都遠非前此之書可比，故此後分部統字成爲中國字書一重要之體制，由晉呂忱《字林》、梁顧野王《玉篇》、明梅膺祚《字彙》至清之《康熙字典》皆從此體制，〔註 6〕今日雖有四角號碼、五筆檢字法等，一般字典仍以部首檢字，其間雖有不少因應楷書字形改變之處，然其大體仍承自《說文》。

二、統攝天下古今之字

而《說文》立五百四十個部首其意似不僅止於整理當時的中國文字，古往今來之字皆其所欲掌握，其序謂「其建首也，立一爲耑，……，以究萬原，畢終於亥，知化窮冥」，凡「天地鬼神、山川屮木、鳥獸蚰蟲、雜物奇怪、王制禮儀、世間人事莫不畢載」，故段玉裁於「分別部居，不相雜廁」下注曰：

> 凡字必有所屬之首，五百四十字可以統攝天下古今之字是《說文》

文》一書雖有學術之意，其書在性質上卻非爲文字學理論之書，是《爾雅》、《倉頡篇》、《急就篇》、《說文》四書皆可依其書性質或多或少用理論助益之，這點《說文》做到了，餘三書則無。

〔註 3〕《爾雅》一書依義分類，分爲「釋詁」、「釋言」、「釋訓」等十九篇，同義字下有簡單之說解，但查字者本爲不識其字方求就字書，今反依其字義編纂，讓人不知所措；《倉頡篇》之編排則如後世之千字文，既無說解，亦無從檢索；《急就章》分別部居，雖就姓名、物類、五官等區隔諸字，大體上仍無濟於事。

〔註 4〕《說文解字篆韻譜》徐鉉序謂「偏旁奧密，不可意知，尋求一字，往往終卷。」可見此法在實用上仍待後世改良，但相對於《爾雅》、《倉頡》、《急就篇》而言確實方便太多。

〔註 5〕亦有一字二見者，如吹、右、吁、否、敎、愷等等，其說可參《中國文字學國際學術研討會論文集》蔡信發〈說文正文重出字之商兌〉一文。此類字數量極少，若疑爲後人增竄或許氏之疏亦無必不可，要之，不動搖《說文》正文一字一見之大體。

〔註 6〕由《中國字典史略》第四章第四節宋元《說文解字》派字典的發展與演變及第五章第一節《說文解字》派字典的進化等文中可更詳細的見出《說文》對後世字書的影響。

所未載古往之字於後發現可入此五百四十部，即《說文》以後所造之字亦必爲此五百四十個部首所孳乳。章季濤《怎樣學習說文解字》一書主張「《說文》確立部首的原則，是要求部首具有能產性，即具有組成新字的能力」，〔註 7〕其說雖由初文、準初文、合體字之文字階段發展而來，亦可爲《說文》意圖以五百四十個部首掌握古往今來字之註腳。

三、條理文字關係

《說文》創立五百四十部不僅掌握未來文字發展之情形，亦條理了文字諸多的現象及關係，使中國文字成爲井然有序的系統，所謂「本立而道生，知天下之至嘖而不可亂也」，所謂「分別部居，不相雜廁也」。自漢儒說解文字，而後有六書，自有六書，而後文字皆有說，故《說文》「博采通人，至於小大，信而有證，稽譔其說」，然而光是單字具有說解，只知字與字間能相互牽連，仍未有清晰之組織，如以水字起頭，可以牽連江字，江字可牽連紅字，紅字可牽連綠字，且一字實可牽連多字，字又再牽連字，如水字可牽連汁、酒、海、洋等數百字，汁、酒、海、洋等數百字每一字又可牽連許多字，如此形成一片錯綜複雜的網絡，不僅其牽連對象不斷變化，其所憑以牽連的關係亦有不同，讓人無法清楚掌握。

而《說文》著眼於文字關係，從形與義二方面考量，確立部首與屬字之从屬關係，使龐大眾多的中國文字，一下子變得井井有條，而讓人看清楚字與字間關係，有聲符關係與義符關係遠近之別，如江、河、紅三字，江河關係較紅江關係爲近；義符關係中又有親疏之別，如玉、玨、班三字，玨班關係較玉班關係親；而義符親近關係中又可有兼音不兼音之別，如打、拘、鉤三字，鉤拘關係較打拘關係爲近，文字間各種關係遠近親疏的差別，全在建立部首後而變得格外清楚，大體來說，凡同部字之關係皆較異部字關係密切，如上舉江河紅、玉玨班、打拘鉤等三例，而同一部中，部首與屬字之關係又較屬字與屬字之關係直接，如水與江之關係較江與河之關係直接，故段玉裁於《說文・序》「分別部居，不相雜廁」下謂「若網在綱，如裘挈領，討原以納流，執要以說詳」，此後，中國文字才呈現出一秩序井然，層次分明的系統，字與字間遠近親疏之關

〔註 7〕參《怎樣學習說文解字》頁 88。

係，才清晰明白。

綜上所論，《說文》五百四十部不僅是《說文》一書立命之處，更是瞭解與掌握中國文字之重要課題，無此，不僅《說文》無法成書，中國文字亦可能成爲一片散沙，部首及其與从屬字關係之建立確實關係重大、影響深遠，值得研究，以下便先就《說文·序》與學者之討論，對此課題做一番瞭解。

第二節　相關討論

學者以爲《說文》創立五百四十部之基礎在於中國文字之特性與其前諸字書之啓發，〔註8〕如形聲字之大量出現，及《爾雅》、《倉頡》、《急就篇》字書中文字「以類相從」情形等，〔註9〕但此至多爲現象層次的原因，《說文》創立此一結構之核心及關鍵在於從觀念上掌握部首與屬字之从屬關係，才能條理既有文字諸多的現象及掌握未來文字之情形，因此對五百四十部之瞭解當針對部首與屬字之从屬關係進行，但《說文》雖謂部首與屬字具有「从」一基本關係，卻未詳細說明「从」之定義，且在分部與歸部二方面，書中所呈現的現象是多樣的，故研究《說文》的學者多有討論，以求得《說文》部首與屬字从屬關係之眞貌。

學者的討論主要從詮釋《說文》出發，基本上不考慮《說文》文字說解的錯誤，〔註10〕而以詮釋《說文》在分部與歸部所呈現的各種現象爲主，每一現象學者有不同的說法，將一一列出。當《說文》說解有問題時，亦會影響到《說

〔註8〕參《說文解字分部法研究》第一章第一節。

〔註9〕《爾雅》以義類聚字，故於書中或有同偏旁字類聚的現象，如〈釋木〉起始數句「梠，山榎。栲，山樗。柏，椈。髡，梱。椵，柂。梅，枏。」〈釋鳥〉起始數句「隹，其鳺鴀。鶌鳩，鶻鵃。鳲鳩，鴶鵴。鷑鳩，鵧鷑。」漢儒改編之《倉頡篇》中亦有文字類聚現象，如阜陽漢簡 c028「開閉門閭」、c033.034「黚黶黯䵘，黭黝黵黤。黔黬赫赧，儵赤白黃」，對同偏旁字關係的發現當有具體的啓示。其後《急就篇》中同偏旁字類聚現象更明顯，並明白提出「分別部居」的主張，其分部雖就物類詞義而言，仍當對《說文》之創部具有極大之啓發，可說已達到了「方吕類聚，物吕群分」的要求，唯未據形系聯，建立部首，此可參《說文解字分部法研究》第一章第一節貳。

〔註10〕參《怎樣學習說文解字》及〈論非形聲字的歸部及《說文解字》部首的形成〉。

文》部首及其與从屬字關係，於此也依其狀況，分別說明。由於學者此類論說非僅一二例，且散見各處，無法一一列出，故只舉例說明。以下即就上述兩方面分別各項說明。

一、基本條例

《說文》五百四十部每部部首下皆有「凡某之屬皆从某」一語，而各部中屬字之說解亦必有「从某」一語，此爲《說文》从屬關係所表現之基本條例，段玉裁「分別部居，不相雜廁」下注曰：

> 聖人造字，實自像形始，故合所有之字，分別其部爲五百四十，每部各建一首，而同首者則曰「凡某之屬皆从某」，於是形立，而音義易明。

是段氏以爲「凡某之屬皆从某」的从屬關係當以形爲主，一般以爲《說文・序》中所說「方以類聚，物以群分，同條牽屬，共理相貫」之義類關係，亦指部首與屬字而言，因此部首與屬字之从屬關係實兼具形義二方面的要求。

在《說文・序》中另有一段論及文字關係的話，其文如下：

> 倉頡之初作書蓋依類象形，故謂之文，其後形聲相益，即謂之字，字者言孳乳而寖多也。

在此文字以二相對概念出現，二者間乃爲一種孳乳關係，《段注》並謂「依類象形謂指事、象形二者也」，「形聲相益謂形聲、會意二者也」，將文字與六書結合。而唐代學者似乎即將《說文》部首與屬字之从屬關係瞭解爲此文字孳乳關係，宋馬端臨《文獻通考・小學考》載有唐《說文字源》一卷，其下謂：

> 崇文總目唐李騰集。初李陽冰爲滑州節度使李勉篆新驛記，賈耽鎮滑州，見陽冰書，歎其精絕，因命陽冰姪騰，集許慎說文目錄五百餘字，刊於石，以爲世法。

書名中「字源」一辭，即指部首，當即緣於唐人將文字之从屬關係視同文字之孳乳關係而來，其後由宋至清亦多有以「字原」稱部首之用法，如林罕撰《字原偏旁小說》三卷，宋釋夢瑛撰《偏旁字原》，元周伯琦撰《說文字原》，清蔣和《說文字原集註》、《說文字原表》，吳照《說文字原考略》等，章炳麟《文始》將文細分爲初文、準初文，章季濤據以說部首之分類，薛克謬據以說部首的形成，〔註 11〕皆是以文字孳乳關係看待部首與屬字从屬關係之表現。在此看法下，基本上部首即是「文」，屬字即是「字」，部首與屬字之从屬關係即是「文」與「字」之孳乳關係。

二、非象形指事字列爲部首

《說文》有以會意字、形聲字爲部首者，如玨蓐二部，或因一般學者將部首瞭解爲「文」，屬字瞭解爲「字」，而「文」爲象形與指事，「字」乃形聲及會意，故當《說文》部首出現形聲字或會意字時，便須加以解釋，《段注》玨部下謂：

> 因有班玶字，故玨專列一部，不則綴於玉部末矣，凡《說文》通例如此。

玨字本身可入玉部，但因有它字从之，故爲部首。胡秉虔《說文管見．說文分部》謂殺、教二字可分別入殳、攴二部，各因𣏂、斆二字無所附麗，遂分別立爲部首，其論說之現象及意見與段玉裁正同。張度亦對此現象有所論述，《說文補例》謂「有部首字可歸并而必列爲部首者，一以爲屬字之所从；一以爲屬字之作訓也，如蓐部不并入艸部，爲薅字也」。其它如高明、江舉謙、陳新雄諸位學者皆論及此現象，說法大致相同，其中江舉謙以「直接歸依」一語表達，〔註 12〕當是最明確之方式。

三、同字異形部首之分合現象

《說文》有因字形不同，雖爲一字，仍分別立爲部首者，如大與亣、人與儿，《段注》亣部下謂：

> 謂古文作大，籀文乃改作亣也。本是一字，而凡字偏旁或從古或從籀不一，許爲字書，乃不得不析爲二部，猶人、儿本一字，必析爲二部也。

段氏以字書爲由，偏旁從古從籀不一，故分，此乃著眼於字形，其後高明、江舉謙、陳新雄等學者皆依此論述，高明以爲各有所从，故分；江舉謙以爲分別統屬以明屬字之淵源所自，故分；陳新雄以爲古籀體殊各有所屬，故分，三說

〔註 11〕參《說文解字分部法研究》頁 16，文謂欲得分部之條例，須先放下說解之正誤。

〔註 12〕參《說文解字綜合研究》頁 154。

大體仍承認不同字形的作用不同。

張度《說文補例》亦舉出此一現象，謂「有同是一字于理不得列爲部首，而列爲部首者」，話中態度與段玉裁不同，以此爲不合理。《說文補例》又提出屬字有不屬部首字，而屬部首字之重文者，如㐬部疏从𠫓之古文重文，𢆶部冪、彙从𢆶之籀文重文。𠫓𢆶二部中另別有从其正文之屬字，部中屬字所从部首之字形並不相同，此現象與上述部首同字異形分立之現象恰相反，段玉裁對此未加解釋，其它諸家亦未見說。在此問題上，學者表現了兩種相反的態度。

四、會意字之歸部

會意字之說解兩从或數从，依何原則歸部便爲學者討論。《段注》鉤字下謂：

> 句之屬三字皆會意兼形聲，不入手、竹、金部者，會意合二字爲一字，必以所重爲主，三字皆重句，故入句部。

段玉裁認爲會意字以義之所重歸部，舉亦聲字爲例，因將亦聲字之歸部視同會意字之故。王筠亦以義之所重爲會意字歸部原則，並就說解形式詮釋，《說文釋例·卷十》謂：

> 許君說解，……或此字形屬會意，則先舉本部首而后及別部之字，如天在一部，云從一大，先一後大，是也。如字義重大，即必入大部而說曰從大從一矣。然有以其詞之順而先言它部之字者，如折在艸部，而說曰從斤斷艸，是也。即其文不如是，亦必曰從斤艸，而不曰從斤從艸，蓋並峙爲義，則先一義爲主，字當入主義之部也。

張度對兩从之會意字歸部現象做了更細的分析，但其意見大致同上，江舉謙亦主以義重歸部，並補充說明若義重者未立爲部首，則不得不改入另一體所屬之部。

唯薛克謬主異形合體會意字可兩屬或數屬，其文謂：

> 異形合體會意字大都是由兩個以上的不同的象形、指事符號合成的，意義比較複雜。但這個會意字的字義，總是與組成它的各個不同符號在意義上有或多或少、或重或輕的聯系，所以它們在歸部時往往可以兩屬或數屬，即也可以歸入甲部，也可以歸入乙部丙部等

等。〔註13〕

兩屬、數屬意謂字可歸於其中任一部，而非並見於二部或數部之中，文中並舉班、陟、埽、釆、析等字爲可以二屬之例，祝、春、盥、寒等字爲可以數屬之例，可說是對段玉裁、王筠等提出了相反的說法。

薛文又認爲部分早期會意字難以歸部，其文謂：

這些會意字很象圖畫，是由多個不同的象形符號按照一定的方式組合起來的，而不是象後期的會意字那樣，由兩個或數字的字義來合成一個新字。因此，早期會意字有一些是很難歸部的。當然，強行歸部是可以的；但是無論歸入何部，實際上都覺得不夠恰當。

並舉休、安爲例，認爲休字無論歸人部、木部任何一部皆不合適。其後高一勇〈會意字歸部辨析〉一文反對薛文意見，在異形合體會意字上採王筠之意，以義重者歸部，其文謂：

異形合體會意字的各組成部件（字），在歸部上，不帶隨意性，沒有兩可或三可的，都是以意義所重的部件（字）歸部。

並以爲薛文所舉休、安等難以歸部之早期會意字仍可依「以義重部」之原則歸部。

五、亦聲字歸部現象

《說文》中部分文字之說解具「从某，某亦聲」一語，學者謂此類字爲亦聲字，而其歸部之現象不一，有入於某部而非以部首爲亦聲者，如祏字入示部，而以石爲亦聲，亦有入於某部而即以部首爲亦聲者，如胖字入半部，即以半爲亦聲，甚至有裒集从某亦聲諸字爲一部者，如丩部、句部、𠂢部，但又有專爲某亦聲立部而見某亦聲之字歸它部者，如𠂢部乃專爲𠂢亦聲之字而立，但派字以𠂢爲亦聲而入於水部，於是學者紛紛對亦聲字的涵意及其歸部原則提出討論。

段玉裁將亦聲字看作會意兼形聲，乃「兼六書之二者」，（見吏字下）主張依會意字以義重歸部之原則處理亦聲字（見前會意字討論下引《段注》），並進而以形聲包意、會意包聲之想法詮釋亦聲字義之輕重所在，以說明亦聲字不同的歸部現象，如《說文》鋻字「从金，臤聲」，《段注》謂：

〔註13〕參〈論非形聲字的歸部及《說文解字》部首的形成〉。

此形聲中有會意也，堅者，土之臤，緊者，絲之臤，鋻者，金之臤，彼二字入臤部，會意中有形聲也。

豎字《說文》雖未明說為亦聲，但段氏此仍視豎為亦聲字，以所从亦聲相同之字為例，說明亦聲字歸部現象。

桂馥則與段氏意見稍有不同，《說文義證》吏字下謂：

凡言亦聲，皆從部首得聲，既為偏旁，又為聲音，故加亦字。

是比段氏多考量聲的作用，高明從之。但亦聲字亦有不依兼聲義符歸部者，故桂氏乃以此類字說解為後人誤增，〔註 14〕是又形成另一問題。另有胡秉虔謂亦聲字乃「以聲為經，蓋義而兼聲者」，陳瑑謂亦聲字「以六書之兼二書也」，皆舉出亦聲字為《說文》分部條例，但未詳說。而林兆豐〈說文分部說〉以為亦聲字兩可通收，《說文》為均分部中字數而歸入聲兼義符之部，又與其它學者不同。

龍師《中國文字學》第三章第六節〈論亦聲〉則由亦聲字與其聲兼義符字之音義雙重關係著眼，而主張亦聲字之所由形成，其背景為語言，而不在文字本身，文謂：

由文字與語言關係而言，任何二字，果眞彼此間具有音義雙重關係，即表示二者語言上具有血統淵源；果眞甲字从乙既取其意又取其聲，即表示有甲語由乙語孳生，換言之，甲字為乙字的轉注字。

又舉例謂：

女部娶、婚、姻三字相連，「娶，取婦也。从女取，取亦聲。」「婚，婦家也。禮，娶婦以昏時，婦人陰也，故曰婚。从女从昏，昏亦聲。」「姻，婿家也。女之所因，故曰姻。从女因，因亦聲。」（此從大徐本，小徐本娶字姻字為形聲，婚字為會意，顯然錯誤。）是明據語言關係言亦聲之證。

並以為《說文》裒集諸亦聲字專立一部的情形乃許君重視音義雙重關係之證，而如吏、禮、祏、禬、政等字不入其聲兼義符之部，實為許君未能徹底認識文字之意義雙重關係，即是語言的孳生關係之故。

〔註 14〕參《中國文字學》頁 309。

六、象形字歸部現象

《說文》中有象形字爲屬字者，如乁部也字，又部叉字等，特別是烏部，《說文》烏部烏、舄、焉三字皆象形，而合爲一部，現象奇特，《段注》於舄字下解釋謂：

> 烏、舄、焉皆象形，惟首各異，故合爲一部。

焉字下又謂：

> 烏、舄、焉三皆可入烏部，云從烏省，不爾者貴之也。

是烏部舄、焉二屬字並不从部首烏，不入鳥部入烏部，乃因烏、舄、焉皆爲物之所貴。王筠《釋例》卷一循此例謂：

> 至於舄焉，則以下半相似，入之烏部；主以上半相似，入之丶部；壺以囗義可附，入之囗部，故知五百四十部者，欲其分明，而苟有可附即附之，不欲其零星混目也……可知許君亦多因便，初無一定不易之例也。

態度與段氏不同。另有張度提及此現象，但無說。關於其它象形之屬字，零星散見於各部，學者多未討論。

七、部首省併

《說文》中少數字其歸部與一般不同，如𠈌字，《段注》八部下謂：

> 𠈌從二余，則《說文》之例，當別余爲一部，上篇蓐薅不入艸部是也，容有省併矣。

𠈌字本身是否爲正文可疑，故其餘學者對此字之歸部殊少討論。

八、說解錯誤影響歸部

此指因《說文》之單字說解有誤，致影響歸部，而其更正仍依《說文》分部之一般原則處理，如胡秉虔《說文管見‧說文分部》文下舉庸、辯二字爲例，以《說文》謂庸「从用从庚」入用部，辯「从言在兩辡之間」入辡部均誤，庸本从庚用聲，當入庚部，辯本从言辡聲，當入言部。

今日古文字學興起後，此類更正更多了，但其致誤原因並非誤釋文字字符之聲義作用，而是因字形變化致誤，如元字本不从一，因古文字字形變化而上成一横，《說文》遂誤爲从一，入一部。（見後元字條）此類情形較諸上述庸、辯之類要多得多。

九、說解錯誤影響立部

有一種說解錯誤影響的是部首立部問題，情形較複雜，如《說文》謂告字「从口从牛」，《段注》謂：

> 此字當入口部，从口牛聲……又汪氏龍曰：「此因嚳字，故立告部。」愚謂誠然，嚳从斆省，斆亦教也，教之故急急告之，告亦聲，然則當立斆部，嚳屬焉，不當有告部。

段氏此說未必允當，〔註 15〕但在此要注意的是，段氏表達了屬字說解錯誤可能影響立部的看法。〔註 16〕

另一種情形是二部首本為一字，《說文》瞭解錯誤而分為二部，張度《說文補例》謂：

> 有實是一字，許君未明言，同列為部首者，如左即𠂇字，華即𠌶字，𣏟即林字，同為部首，蓋字體日孳，……小篆所從之字不能不列為部首矣。

此條之實際情形，與前引張度《說文補例》「有同是一字，于理不得列為部首，而列為部首者」相同，只是一為《說文》明說二部首為一字，一則為《說文》誤解為二字，張度認為此類部首就其文字之實情而言，實不當分立。其後有何大定〈說文部首刪定〉即依此意而刪《說文》十部，〔註 17〕其刪定內容或有可

〔註 15〕《說文》謂嚳「从告，學省聲」，《段注》認為當是从斆省，从告，告亦聲，故嚳字當入斆部，而毋須立告部，但即使視嚳字為告亦聲，其情形亦如丩部句部，並不需要另立斆部。

〔註 16〕本論文實例分析中所論 183 倉部之情形即可為段氏此種看法之實例。倉部屬字僅牄一字，而牄實即倉字之異形，《說文》誤為二字，故為牄字而立倉部，實際上牄為倉之重文，當另立合部以收倉字，而不當有倉部。

〔註 17〕其刪定部首之通則有四條，前二條以為無屬字之部當刪，後二條則以為同字之部一部即可，其文如下：

（三）部首之形體為他部重疊者，可附之獨體之後

（四）以金文甲文證在古一字異形，許氏誤為數字，立為數部者，均可得而刪也。

實際討論十一組，刪除十三部，列之如下：

・自、白　　・石、后　　・巛、巜、く

議之處，其明白指出《說文》此類部首當刪之態度則與張度同。

從以上討論可知，《說文》立部是以部首與屬字之从屬關係爲核心，但在實際整理中國文字時，又呈現出多樣的現象，而表現於部首分部與屬字歸部兩個問題上。另外，此處所論從文字之實際情形修正《說文》的現象，只是對具體的从屬關係提出疑問，對从屬關係本身並未形成巨大的影響，以下所論三位學者提出的文字現象，才讓人懷疑《說文》部首與屬字之从屬關係對中國文字的掌握能力，眞正形成本論文的研究動機。

第三節　研究動機

一、三位學者的啓示

在上述相關討論之介紹中，諸學者對《說文》部首與屬字之从屬關係並未有極大的反對意見，許愼似乎眞的創立了一個可以掌握所有中國文字的制度，但在看到龍師提出漢儒離析偏旁爲字的現象後，不禁又要重新思索此一問題。

龍師《中國文字學》〈論分化與化同〉一文從漢儒之字形觀念著眼，首先指出：

> 會意字爲使所會之意得以充分顯露，於取以表意之字改變其原來面貌，本是習見現象。是故往往某特殊形象僅見於文字偏旁，絕不單獨出現；或雖亦單獨出現，此偏旁中之特殊形象要與彼單獨出現之字初不過屬於同形，並非同字。

然因漢儒具有「同形即同字，異形即異字」的錯誤觀念，頗影響於個別文字的瞭解，於是將令字食字所从倒口讀爲音義與集字相同的亼字；將令字所从之跪人形讀爲音義與節字相同的卪字；將各字所从之倒止形讀爲作「從後至」解的夊字；將步字所从右足形讀爲作蹈解的𠂢字；將降字所从倒而反的止形讀爲作

・隹、雥　　　・大、亣　　　・泉、灥
・䨓、㽞、華　　・水、沝　　　・虫、它
（以上各組後者刪除）
・入、亼
・夕、月
（以上各組合併爲一部）

跨步解的牛字。

但《說文》的問題不止於此，書中獨立文字甚至有許君採自文字偏旁的。如𠫓字，《說文》云「即易突字也」，但以今所知之古文字字形證之，《說文》中所有从𠫓字或㐬字之字如毓（育）、棄、流、疏、梳等，皆與讀同突的𠫓字無關，𠫓字實屬子虛烏有，緣於漢儒見毓棄等字从倒子之形而不得其解，望文生意，將當時語言中的「突」強加其上，而平添一字。另如亼、卪、𡳿、夂、夊、屮、彳、亍、丮等字當皆如𠫓字屬子虛烏有。比對古文字字形可知《說文》中某些字乃由分析文字偏旁而來。

〈論分化與化同〉一文又從《說文》注文觀察，發現離析偏旁而成之字，其注文模式往往相同，且層層相附會，更足說明此類字原非實有。如注「闕」者：

1. 爪組　爪，丮也。

　　　　爫，亦丮也。从反爪，闕。

2. 丮組　丮，持也。

　　　　𠃨，亦持也。从反丮，闕。

3. 卪組　卪，瑞信也。

　　　　㔾，卪也。闕。

　　　　卯，事之制也，从卪㔾，闕。

4. 邑組　邑，國也。

　　　　𨛜从反邑，𨞒从此，闕。

　　　　𨞒，鄰道也。从邑从𨛜，闕。

如爲某之複體者：

沝，二水也，闕。

屾，二山也，闕。

灥，三泉也，闕。

𠀆，二卪也，巽从此，闕。

豩，二豕也，豳从此，闕。

𣗥，二東也，曹从此，闕。

从，二入也，兩从此，闕。

而云「某从此」，實則猶云由彼字分析而來。其實《說文》鳥、虎、兕、禾、木、豆、网、矢諸字本皆通體象形，但《說文》注文則云鳥之足似匕故从匕，虎足似人足故从儿，兕下云从儿，禾下云从木从𠂹省，木下云从屮，豆下云从口，网下云从冂，矢下云从入，顯然漢儒慣於將一字的部分視作獨立文字。〔註18〕

而漢儒離析偏旁爲字之現象並非龍師所創見，早先王筠、林義光兩位學者亦曾論及。王筠在《說文釋例》存疑中分別討論了虎虍、絲糸、䖵蟲虫三組字，其討論虎虍之文如下：

> 竊疑虍字不但非古籀文所無，即李斯初定之小篆亦未必有也，許君說文成于漢和帝十二年，距秦始皇元年，凡三百一十七年矣，流傳既久，安能無所增加？虍字不見經典，漢賦亦無用者，蓋本無此字。案：彝器款識，虎字作……惟虔作[illegible]及[illegible]，戲作[illegible]，則直從虍矣，要是偶省之耳，即虎自爲字之後其音爲荒烏切，與虎呼古切雙聲而兼疊韻，亦可證其非兩字……則虎省爲虍，亦謂之從虎省可也。（卷16補正，頁4）

虍本非字，純爲文字偏旁中虎字省形，漢儒方析立爲字，而音義仍同虎。所論絲糸、蟲䖵虫二組字情形又稍有不同，其文如下：

> 糸則省文絲字耳，絲字業已繁重，用爲偏旁不便書寫，故省之。從糸者既多，即別立音義耳。（絲與糸，卷20，頁1）虫、䖵、蟲三字一也，虫象形，則䖵蟲當爲會意，然三部中字皆物名，則部首會意不可通也，惟三字各有從之者，斯分屬之，而三字之音義亦因之各異。（蟲䖵虫，卷20，頁10）

於上述三組字外，王筠更舉大亣、人儿合論之，其文如下：

> 許君既列人部，而又別出儿部，且的指之曰古文奇字人；既列大部，而又別出亣部，且的指之曰籀文大改古文，則實有是字，非出於杜撰也明矣。然人字，鐘鼎偏旁率入[illegible]，此蓋側身之象，上有首，下有足，肱則爲身所掩映，故不別作也。儿則判然爲兩，無此人形矣。

〔註18〕《說文釋例》亦論及此類現象，但主針對《說文》連牽字形說字形而發，如《說文釋例·序》謂：

今說文之詞足從口、木從中、鳥鹿足相似從匕，斷鶴續鳧，既悲且苦，茍非後人之竄亂則許君之志荒矣。

> 大蓋正立之象，有首有肱有胸腹有股。亣則以股繼肱之下，亦無此人形，且繹山碑六字，不作𠕁而作亣，所從之八，尚同說文，鐘鼎文則作亣，與籀文大無別矣。竊疑儿、亣二字，許君蓋采自古器偏旁，本非獨立成字也。（卷 18 補正，頁 1）

是王筠以爲儿亣二字乃漢儒虛造，蓋由屬字中析出。

林義光《文源．六書通義》謂：

> 象形字詰詘翩反，本無二致，諸彝器之反文可證也，而別稱倒口爲亼合，（見亼字條）反人爲相匕，（艮字下）人之宛轉爲符節，（見人字條）……
>
> 偏旁之與獨體有迥殊者矣，而多剖析偏旁，附以音義，鬼頭爲甶，彘頭爲彑，羊角爲丫，甚至點引鉤識，皆名以文字，既不見於他書，實亦無所用之。

其又列凡列三條續說補充，其文如下：

> 卪㐆亼廌諸字，說文皆有聲義，今以卪與人同字，㐆與乚同字，亼爲倒口……从卪之卿、卬、卮、夗、卮、色、卷、丞、艮、辟、肥、配、令、即、卲、卹等，無不以人爲義，从亼之食、今、侖、僉、令、僉、合、會等，無不以口爲義……庶所謂稽譔其說信而有徵，敢陳一得，以俟宏達。
>
> 偏旁形體每有複重，或以象其多，或則徒取繁縟而已，如䨻從畐聲而有二畐，𢆶說文以爲从丰聲而有二丰，說文未嘗有畐字丰字也。而弜、㸚、賏、誩、厵、覞、扶、䲆、卯、址、珏、㗊，自古無有用者，棘、弜、𨛜、䭅、屾、斦、豩、𩇔說文亦闕其音，䲆爲二魚，屾爲二山，斦爲二斤，豩爲二豕，又多望文生訓，凡此等字，似皆古所無有，殆俗儒剖析偏旁而虛造之也。丶、丨、丿、乀、亅、𠄌、凵、凵，亦非他書所嘗用，並有可疑，然古籍散文，不可肊斷，姑存其字，俾覽者自擇焉。
>
> 諸彝器多有反文，形雖反而聲義無異，然反正爲乏，反𥁕爲𥂁，反欠爲旡，反身爲㐆，雖近反文，故當別爲一字。至於丂、𠂇、卪、

邑、厈、爪等字，則聲義多不足據，似皆同字之反文也，以不可肊斷，亦並存之。

書中指出《說文》中析出之字極多，具體論述《說文》中不爲字者約有三十例，經傳未見，疑本不爲字者亦近三十例。〔註19〕

〔註19〕檢閱《文源》全書，所見書中明謂「不爲字」者如下：（前爲卷數）

一　甶，鬼之偏旁（此下爲某之偏旁者）

一　𦍌，即羊之偏旁

一　彑，即小篆彖、彘等字之偏旁

一　虍，即虎之偏旁

一　㚘，本字經傳未見，當即奉之偏旁

二　丶，主之偏旁

三　丿、乀，經傳未見，當即弗之偏旁

三　㪚，經傳皆用散字，㪚即散之偏旁

六　亍，行之偏旁

六　卯，卿之偏旁

六　癶，登之偏旁

六　夅，經傳皆以降爲之，降之偏旁，不當爲獨體

七　丨，經傳未見，當即引之偏旁

八　誩，即競之偏旁

八　㠭，經傳未見，工爲巧，故四工爲極巧，此望形生訓，實非本義，㠭即塞展之偏旁

六　䖒，經傳未見，當即𩰫之偏旁

十一　䖍，經傳未見，虍亦非聲，……即獻之偏旁

一　冃，即冃之反文（此下非某之偏旁）

一　𣥂，經傳未見，疑即止之反文

一　㐁，爲舌貌，無他證，弼、宿皆从因，古當無此字

一　㠭，㠭字形義不可據，恐古無其字

一　尒，即爾省

二　伃，於古無徵，恐無其字（詩經佛時仔肩非仔字）

四　冎，古咼作𡆥，不从冎，當無冎字

六　㗊，經傳未見，恐無其字

六　𨛜，从二𨛜猶从邑也，……疑亦非獨體

又有未明說者二字：

三位學者中王筠所論雖只及於偏旁中省形或變形的現象，但是最早懷疑漢儒離析偏旁爲字者，糸絲、虫蚰蟲之論雖不可信，但虎虍、人儿、大亣三組字的論說合以今日古文字資料來看，則非空言。〔註20〕爾後林義光《文源》一書不但論述了較多的離析偏旁而成之字，對現象形成的原因及可疑字《說文》之注文型態亦有論述。龍師〈論分化與化同〉一文則從漢儒之字形觀念著眼，更深刻的談論了這個問題。至此，當可肯定漢儒確實是有剖析偏旁，虛造文字的現象。

二、離析偏旁與从屬關係

漢儒離析偏旁爲字之事既屬實，那麼《說文》中這些字所形成的从屬關係又是怎麼一回事呢？前述說解錯誤所致之影響只及於具體的从屬關係，但此所提及虛造分析文字之現象卻更深的動搖了从屬關係，是漢儒爲以「文」說「字」不惜虛造文字？或是基於不正確的文字觀念而鑄成錯誤？〔註21〕龍師〈說文古文「子」字考〉一文中對古文子字之形成過程做了一番推論：

> 1. 大概先是漢時文字學家誤認了毓、流等字偏旁倒子下的水形爲髮形，而小篆子字實不帶髮的，於是想當然爾，以爲帶髮者大概是

六　䀠，即瞿之偏旁，䀠字經傳未見

六　𠃓，𠃓義不憭，經傳無𠃓字，實丞之偏旁

另有經傳未見，疑本無此字者：

二　凵、亅、𠄌

六　奻、孨、㚘、㐺、吅、㗊、臼、䲜、𪓑、秝、㼌、屾、䜌、林、驫、垚、畕、
　　林、弜、斦、棘

八　垚、㸚

十　𤆍

〔註20〕糸、絲在甲文金文中各有字形，未見混用，二字當不同，即或同字，糸亦不當爲析出而成。虫、蚰二字情形同糸、絲，甲文金文中各有字形，未見混用，二字當不同。蟲字甲文金文未見，虫蚰當非蟲省而成。

至於虎虍、人儿、大亣三組字，可參實例分析167虍部、311儿部、402亣部。

〔註21〕也許漢儒於其「文字」觀念成熟後，深信字中所析必成文，且形義必合，故據其信念爲之，若《說文》對字下謂「漢文帝以爲責對而爲言多非誠對，故去其口以从士也」，《說文》疊字下謂「楊雄說㠯爲古理官決罪三日得其宜乃行之，从晶宜，亡新㠯从三日大盛改爲三田」，《漢書．高祖本紀》應劭注「古耏字从彡，發膚之意也。杜林以爲法度之字皆从寸，因改从寸作耐」，皆漢人據其信念改字之證。

古文子字，從而肯定了㐬字從倒古文子。到後來孚爲子的古文竟成了事實。此所以說文說毓流等字從從倒古文子的去，而子下更有所謂古文子字的出現。

2. 王靜安先生說《說文》中古文爲周秦間東土的文字，與西土的文字爲兩個系統。或者古文子字即出諸周秦間的東方，以致漢時文字學者便把毓流等字所從解爲從倒古文子的𠫓字。假使第二解釋是事實，東土的子作孚，我想那也一定與毓、流等字偏旁有關。即是說，東土人士誤認了毓流等字的㐬爲帶髮形的子字的倒文，所以才造出了帶髮形的字。

從這個推論雖然不能肯定古文子究竟是如何生成的，但可見出離析偏旁成字乃一逐漸形成的複雜過程，而其產生即在解釋文字與字中偏旁的關係，換句話說，此一問題的本質即在文字从屬觀念，因爲漢儒的「文」「字」孳乳觀念不能全面適用於中國文字，才會有虛造現象之發生，也就是說，《說文》所建立部首與屬字的从屬關係在某些中國文字中並不存在，而這些中國字並非特殊、偶然生成之例外，其出現有歷史、文字上的原因。

在上述之情形下，實在有需要對《說文》五百四十部重新檢討，〔註 22〕並重新提出問題，《說文》部首與屬字之从屬關係眞的能掌握所有的中國文字嗎？今知中國文字乃於遼闊的地域及綿長的時間中經過眾人產生，非由一二位聖人制作，各個地域及時代產生文字之背景及條件皆不同，部首與屬字之从屬關係是否眞能掌握中國文字複雜之現象？以下，即對這些問題進行探討。

第四節　研究重點

經過以上討論，此處要再對本論文研究之角度、方法和意義做一簡略陳述。

〔註 22〕對《說文》分部法進行全面研究的有巫俊勳《說文解字分部法研究》一文，對《說文》部首進行全面實際考定的有李徹《說文部首研究》一文，然前者只是就《說文》的角度，對《說文》分部法予以詳細的詮釋，後者雖就實際之古文字資料考定部首，但未具漢儒離析偏旁爲字之觀念，對屬字亦未詳加考定，故並不能呈現《說文》五百四十部的實際問題。

一、研究角度

本論文最根本的出發點，便是以現今所知可信的文字本形本義來驗證《說文》部首與屬字之从屬關係，此一角度並非就《說文》詮釋部首與屬字之从屬關係，而是藉著檢討《說文》幫助我們認識文字，認識《說文》。由於對《說文》从屬關係之討論涉及立部與部首分合的問題，故論文題目定爲「《說文解字》部首及其與从屬字關係之研究」，以免誤認本論文之內容僅限於檢討部首與屬字二者之从屬關係是否正確，並非於《說文》从屬關係之研究外，另又獨立討論《說文》所有部首的問題。另《說文》有以屬字重文做爲某些文字歸部之手段，如鎡以鼒之重文置於鼎部，但由於這類字只是透過正文與部首發生關係，故不討論。

以文字實情驗證《說文》部首與屬字之从屬關係的重點並不只在於討論某一字的歸部或某一部的刪定，而是透過對文字關係的實際檢討，見出《說文》部首與屬字關係的實際面貌。而檢討具有兩個層次，一是對具體从屬關係的檢討，即部首與屬字之對應關係是否適當。另一是對从屬關係原則的檢討，即《說文》所立的从屬關係原則是否眞能適應古往今來之全體中國字？有沒有什麼缺陷？論文最後所呈現出《說文》从屬關係之實際面貌當要能表現上述兩個層次的內涵。

具體从屬關係所呈現的問題可以從部首與屬字兩方面看。部首方面主要是分部的問題，從部首與屬字之實際關係來檢討《說文》分部的原則及部首的刪併。就《說文》部首始一終亥而言，似乎五百四十部是不可多也不可少的，部首「據形糸聯」，似又將五百四十個部首視爲一整體，後世學者體會此意，而紛紛說解部次，尤以徐鍇〈說文解字部敘〉之解釋爲最，但從文字實際之从屬關係來看，是否如此値得討論。屬字方面則以討論錯誤从屬爲主，找出歸部錯誤的屬字，看看《說文》中究竟哪些字歸屬錯誤，而其情形綜合而言究竟如何。

从屬關係原則的檢討主要是要見出有哪些文字現象是《說文》从屬關係所不能掌握的，而《說文》从屬關係本身有哪些觀念是有問題的。文字的分析虛造現象是切入此問題的主要點，因爲分析虛造正表示漢儒的文字从屬觀念不能掌握某些文字，爲彰顯其文字从屬觀念的完美，才會有分析虛造的需要，而形成其觀念充分掌握全體中國文字的假象，如獨立象形字在作爲早期會意字偏旁時，其形有時可左右相反，上下倒置，甚至可爲配合會意字所會之意而變形，而其所指與獨立爲字時無異，這是《說文》所無法掌握的現象，而以爲「異形即異字」，於是對文字強予說解，造成錯誤的从屬關係，這是漢儒的錯誤觀念。

二、研究方法

首先要確立研究範圍，這點並無困難，《說文》部首與屬字之範圍極其明確，研究从屬關係只要就二者一一實際驗證便可。首先就部首著眼，要討論同形異字諸部與亦聲關係專立部之刪併問題。同形異字諸部當合併，而無論《說文》是否謂爲同字，都當經過謹慎判斷，凡是可以視爲或體或古籀等重文關係者才可合併，如后司二部首，雖本爲一字，但後世之音義、用法皆不同，當視同二字而不得合併。另如彳、儿、宀等部首，僅見於文字偏旁，本不爲字，亦不在此問題內討論。亦聲關係專立部之刪除主在考慮此部是否專爲亦聲關係而立，凡部首本身無法歸入它部者當不在此列，又凡屬字有一字不得不歸此部者亦不在此列，唯部首與屬字實際上皆爲亦聲關係且部首可歸入它部者可刪，或者部中雖有屬字與部首非爲亦聲關係，但可歸入它部者，亦可刪。另《說文》謂爲通部亦聲關係之部，無論其屬字是否如《說文》所說爲亦聲字，當皆可刪，因屬字若非亦聲字，當亦可歸入其義符部，如茻部莫、莽、葬三字與部首雖非亦聲關係，而爲會意字，但亦可依其義符分別歸入它部，但不在此問題內討論。

再就屬字著眼。確立範圍後，第一步是先從古文字、古文獻及《說文》注文模式三方面來驗證屬字。最基本的就是先拿甲骨金文等古文字字形驗證《說文》所據字形是否訛誤，再來參考古文獻中此字的用法，最後看看《說文》注文是否有什麼值得注意的現象。這一步會檢討出一批有問題的从屬關係，討論將針對這些有問題的从屬關係進行，但要在此特別說明，爲免討論過於迂闊及有不必要的爭執，凡是部首與屬字有形義關係的皆不取，如由語言孳生而成之轉注字（案即亦聲字），其字符皆具表義作用，歸入任一部皆不視爲錯誤，如祐字入示部之類。又如屬字本不从其部首，後世方變从之，亦不謂誤，如鳳本爲鳥屬，早期爲象形字，後其象形部分爲鳥同化而入《說文》鳥部。又在小篆中部分部首可通作，凡《說文》小篆所从部首與古文字中所从部首屬可通作者，皆不謂誤。

問題从屬關係就《說文》原來的標準而言，就是錯誤的从屬關係，而討論可再依其錯誤程度分層次，以便對問題的本質與嚴重性看得更清楚。基本上可先分兩層，一層爲訛誤造成之關係，部首與屬字都實有其字，只是因字形、字義或理解訛誤而建立了錯誤从屬關係；一層爲因虛造形成之關係，部首或屬字乃子虛烏有，基於漢儒之錯誤觀念而產生。這部分的論證較困難，因爲要論證一現象「有」比較容易，要論證「無」則加倍小心謹慎仍可能出錯，但在本論文中無法迴避這一問題，且爲討論之關鍵，故當我們要指出《說文》中某字乃爲漢儒虛造時，不僅僅是要從古文字、古文獻及《說文》注文模式來驗證，還要說明漢儒爲什麼要虛造這個字以及如何虛造這個字，將虛造文字形、音、義的來龍去脈盡可能的交待清楚，以將錯誤減至最低。

三、研究意義

《說文》部首與屬字之从屬關係爲全書之核心，是書中所有文字關係中最重要的一種，《說文》將其描述爲部首與屬字唯一且必然之關係，但事實上並非如此，從古文字之實際驗證來看，其从屬關係乃具有眾多樣貌，較全面而整體的將之呈現出來對瞭解《說文》及認識古文字將有很大的幫助。

首先，最具體的瞭解是《說文》中哪些字認識錯誤，我們不能依賴這些字去認識古文字，如今字甲文多作A，而少數作A，當爲簡省之形，而學者「疑今乃借字，即假亼字爲之，契文或作A，不下从『一』可證，或又增『一』者，以示與亼有別」，〔註23〕今知亼根本不爲獨立之字，只是倒口，則雖不通古音，（今、亼大徐分別作居音、秦入二切，韻部雖同在段玉裁第七部，聲母則一爲見母一爲從母，亼不可能假爲今）亦可知此說不可信。另外可以瞭解，就从屬關係而言，那些部首是不必要的。

第二點是問題从屬關係若因《說文》同一錯誤觀念而發生，在《說文》注文上往往具有相同型態，如通部屬字皆爲亦聲之部，即因《說文》不能徹底認識文字音義二方面的關係，卻又予以重視而生。又如分析虛造之字，其字形及注文往往有相同型態，一字之反文或複體在不增加其它字形之情況下，即被視爲另一獨立字，形成一序列說解，如《論衡》「草初生爲屮，二屮爲艸，三屮爲芔，四屮爲茻」。注文型態中則隱藏了漢儒對文字音、義的觀念，其義乃「望文生訓」，依據字形的形式特徵說義，而非對文字之實際觀察來說義。其音則「依義制音」，以讀若表現出來，若無法附會，則謂闕。具同類型態之字雖非必爲析

〔註23〕參《甲集》卷五，頁1778，李孝定按語。

出，如弜字，〔註 24〕但在未能驗證之情況下當持懷疑態度，而字形及注文型態亦可顯示漢儒的文字觀念及字形觀念，有助於對漢代文字學的瞭解。

第三點是古文字中許多現象是超乎《說文》掌握的，我們當瞭解，如象形字往往正反無別，做爲會意字之偏旁，亦可爲所會之意而更換位向，變化形狀，其於偏旁中作多數者亦不必爲一獨立之字。但《說文》對字形之觀念並非如是，王筠《說文釋例．序》謂《說文》釋字：

> 乃往往不能識者何也，則以其即字求字，且牽連它字以求此字，於古人制作之意隔，而字遂不可識矣。六書以指事、象形爲首而文字之樞機即在乎此，其字之爲事而作者，即據事以審字，勿由字以生事；其字之爲物而作者，即據物以察字，勿泥字以造物。且勿假它事以成此事之意，勿假它物以爲此物之形，而後可與倉頡籀斯相質於一堂也。

其下所批評之例雖爲足從口、木從屮、鳥鹿足相似從匕等，但所指出《說文》以字解字而非以其指解字的觀念，確實是《說文》無法掌握上列象形、會意諸現象的原因。更有約定與別嫌的觀念是《說文》所無，然而《說文．序》謂：

> 至孔子書六經，左丘明述春秋傳，皆以古文，厥意可得而說。

以爲文字點畫必有可說，《顏氏家訓．書證篇》謂《說文》：

> 隱括有條例，部析窮根源，鄭玄注書，往往引其爲證，若不信其說，則冥冥不知一點一畫有何意焉。

《說文》既持點畫可說之觀念，自然不能接受約定與別嫌之觀念，不然先秦亦有約定俗成之名實觀，〔註 25〕《說文》未必不能在文字中發展此等觀念。而古文字之字形變化亦自可有其規律及道理，《說文》不能掌握，且其所立之本形本義觀念易令人對文字之字形產生價值色彩，造成文字純粹形式上的變化不爲人所重，其實字形問題，不僅在現象上值得研究，在價值、意義的表現上更值得

〔註 24〕弜字因與棘、誩、䖵、屾、所、豩、𧆸同闕其音而爲《文源》疑爲虛造，即未必是，甲骨卜辭中弜字多用爲否定詞，此可參裘錫圭《古文字論集》〈說弜〉一文，而其本義王國維謂爲弓檠，爲柲之本字，是弜實有其字。

〔註 25〕先秦約定之名實理論可參考《荀子論集》〈荀子正名篇重要語言理論闡述〉一文。

研究。〔註26〕

本文結論即考慮以上三點整理而成。最後，本論文可以視爲考查《說文》一書性質的基礎。漢儒以爲文字乃聖王之制，不但要統同且字字皆當有理可說，因而文字成爲一相互關聯的系統。然今日已瞭解文字之創造、學習、記憶、流傳乃在眾多時空下進行，涉及之人亦眾多，至少不會是聖王等少數幾個人所決定，因此《說文》一書理論上之性質究竟爲何值得研究，顯然本論文由實際對照《說文》之研究角度與此論題相關，所論及《說文》所不能掌握之歷史事實、析出字之現象及字形觀念皆當有助討論，是本論文研究的另一目的。

〔註26〕王筠提出「彣飾」一觀念，正式承認了文字純形式變化之規律與價值，　龍師於《中國文字學》中亦往往以美觀整齊的字形觀點解釋文字現象，並提出化同一規律（含同化觀念），此皆《說文》所無，而今日文字學界因《說文》而對字形變化多持否定的態度。完形心理學從知覺的角度亦提出同化觀念，事實上值得就西方美學（aesthetics）的角度，對字形的規律與文化意義作一番研究。

第二章　本　論

第一節　原則探討

一、基本从屬關係

前已論及，自唐時起，便有學者以文字孳乳關係看待部首與屬字之从屬關係，鄭樵《通志·總序》謂「獨體為文，合體為字」，段玉裁謂象形指事為「文」，會意形聲為「字」，就此觀察，獨體字確實多為部首，合體字確實多為屬字，而象形指事確實多為部首，會意形聲確實多為屬字，从屬關係與文字關係二者確實關係密切，而五百四十部既為《說文》所創，从屬關係便非有所承，當為《說文》所建立，但文與字關係不同，當為許君承自前人，《日知錄》謂：

> 春秋以上言文不言字，……，以文為字，乃始於史記秦始皇瑯琊臺石刻曰：「同書文字。」字之名，自秦而立，自漢而顯歟。

秦時「文字」初合用，是文與字發展為二分別之專門術語當自此時始。此後劉歆〈移讓太常博士書〉有「分文析字」一語，似有將文與字視為二獨立專用語之意，但並不明確，在讖緯的一些相關記載中，才看到此二觀念分立的痕跡，條列如下：（其後為《古微書》頁數）

> 黃帝巡洛，龜書赤文成字 83

洛出龜書，曰：「威」，赤文綠字，以授軒轅 84

赤光起，元龜負圖出，背甲赤文成字 85

堯沉璧於洛，赤光起，有元龜負書出，背甲赤文成字 86

白魚躍入王舟，王俯取，魚長三尺，赤文，有字題目下 99

王有元龜，青純蒼光，背甲刻書，上躋于壇，赤文成字，周公寫之 101

又沉璧於洛，赤光起，有靈龜負書出，背甲赤文成字 104

黃帝遊於洛，見鯉魚長三丈，青身無鱗，赤文成字 639

天帝以寶文大字賜禹，佩北海免弱水之難 640

又有黑龜，並赤文成字，言夏桀無道，湯當伐之 683

白魚躍入王舟，王俯取，魚長三尺，目下有赤文成字，言紂可伐，王寫以世字，魚文消……688

「赤文成字」一語多見，文與字二者並列而爲二不同但相關之概念，「文」似天然生成，可成「字」亦可不成「字」，就二者之相關而言，實已隱含了文字孳乳關係，當即《說文》所載文字關係之初形。而在《孝經援神契》記載的一段話中，保留了「文」的自然性質，明白的說出文與字的孳乳關係，更結合了六書觀念，其文如下：〔註1〕

倉頡文字者，總而爲言，包意以名事也，分而爲義，則文者祖父，字者子孫。得之自然，備其文理，象形之屬，則謂之文。因而滋蔓，子母相生，形聲、會意之屬，則謂之字，字者言孳乳浸多也。

很明顯的，《說文》關於「文」「字」的記載脫胎於此，許慎淡去了文的自然色彩，而將文字孳乳關係巧妙的轉用爲文字从屬關係，因爲字既皆由文孳乳而來，勢必可由文統屬，而《說文》欲以五百四十個部首統屬古往今來之字亦當是就此關係考量的。許慎亦採用了結合六書說文字的意見，因爲在漢儒眼中，六書

〔註 1〕文見《古微書》，頁 536。《孝經援神契》之成書當早於《說文》，宋均曾爲之作注，其成書年代可參考《讖緯論略》，頁 63、64，其文謂《白虎通義》引《孝經讖》曰「夏至陰氣始動、冬至陽氣始萌」，實乃《孝經援神契》之文，可知孝經援神契在東漢初即已流行。

可以說盡所有中國文字，故結合六書來說文與字的孳乳關係便是保障了此一關係可以適用於所有中國文字，亦即保障了部首與屬字之關係可適用於所有中國文字。

但《說文》在將文與字觀念具體應用在部首和屬字中時，必定發現並不是所有的部首皆是象形與指事，而象形與指事字亦非必爲部首，但就屬字而言，部首皆是「文」，相反的，就部首而言，其所屬皆爲「字」，孳乳關係中的「文」與「字」是相對指認的，故《說文・序》於引用《孝經援神契》之文時，避開了象形、形聲、會意與文字之直接對應。所以从屬關係實際上是相對的文字關係，這是《說文》一書部首與屬字之基本从屬關係，可爲研究从屬關係之基準，故學者提出特意討論的會意形聲字立爲部首之現象，在《說文》來說，並無不妥，如玨本身雖爲會意字，但相對於班而言它是「文」，而班則是由玨孳乳而成的「字」。

而會意字之歸部，雖然在選擇歸於何部時，很難求得客觀依據，〔註 2〕基於學術的態度，也很難說《說文》隨意爲之，但無論歸於何部，其與部首之關係都合乎此基本从屬關係，並未形成另一類關係，故就基本从屬關係而言，對會意字可說與對形聲字同樣適合。

二、同字異形分部

《說文》同字異形部首之分立當是理論表現，而非實際需要，如楷書心字在偏旁中作心、忄、小等數形，今日字典基於部首簡化之實用性，設爲一部。但《說文》亦有同字異形而不分立之部，如厶㣇二部，現象正與同字異形分部相反。觀察此二不同現象之部，發現因同部異形分立之部首具有「啓後以立部」〔註 3〕的作用，如亣與大分立爲部首，而亣（亣）部後接夫（夫）、立（立）、竝

〔註 2〕〈論非形聲字的歸部及《說文解字》部首的形成〉一文對歸部類型的剖析中提到「難以歸部的」一類，以爲早期會意字很像圖畫，是由多個不同的象形符號按照一定的方式組合起來的，如旦、休，而不像後期會意字，如歪、岩等，是由兩個或數個字的字義來合成一個新字，因此歸入任何一部都覺得不夠恰當。筆者按：《說文》「从」一關係用語雖不能表現上述兩種會意字的區別，對早期會意字之說解亦不甚清晰，（如休字《說文》謂「从人依木」，不知算不算「从人」。）但其表意與木有關，故在本論文中不視爲錯誤从屬例討論。

〔註 3〕學者於討論《說文》無屬字之部立部條例時，有以此意解說者，如高明《高明小

（艸）等部，如儿與人分立爲部首，而儿（儿）部後接兄（兄）、旡（旡）、皃（皃）、兜（兜）、先（先）等部。厶部後爲丑部，帚部後爲彑部，厶帚二部無啓後部之需要，故其重文不另立一部。

但將同字異形部首分立的現象與《說文》另一現象合觀，便可看出《說文》分別字形以从屬的考量仍存在，《段注》二（上）部下謂：

> 凡《說文》一書，以小篆爲質，必先舉小篆，後言古文作某，此獨先舉古文，後言小篆作某，變例也，以其屬皆从古文上，不从小篆上，故出變例而別白言之。

此類情形除上部外，另有亯、呂、市、豚、尢、く、臣、内等八部。以屬字所从字形爲部首正文是《說文》重視字形之表現，順此而言，《說文》大亣、人儿、鬲䰜、自白、㡀𣏟、首𦣻等因形異而分別立部亦不爲怪，反觀部首同字異形而未分立者僅帚厶二部，且屬字極少，反爲變例。

然就文字之實情考量，任何一字，無論其變異出多少字形，只要諸字形之音義相同，便爲一字，屬字所从之形雖不同，但諸屬字所从仍爲一字一事，便不應分爲二部，若大與亣在具體所指上毫無分別，實爲一事，就从屬關係而言，不應分爲二部，分爲二部，不但實用上形成累贅，觀念上亦易予人二部屬字所从爲二的認識。故無論就實用言或就理論言，同字異形部首皆無需分立，以帚、厶二部之方式處理即可。

討論至此，可知同字異形部首之分立，實爲《說文》對字義與字形態度不同，觀念上過度偏重字形之結果，凡是分立之部，皆當合併，在實例分析中，本論文將具體檢討出同字異形之部首，一一予以合併。

三、亦聲關係

亦聲字歸部的根本問題在亦聲關係實際內涵的確定。亦聲關係之根本現象在於亦聲字與字符之音義雙重關係，前述討論中學者多將亦聲字瞭解爲會意兼形聲，即以文字的角度看待，以兼六書中二書詮釋音義雙重關係，然無論形聲或會意，在表意上皆可具足，實無必要兼此二書造字，這種平面性的思考，只注意現

學論叢》以爲無屬字而立部者有因他部首由此而生，不得不立一部者，陳新雄〈說文解字分部編次〉則以啓後以立部說之，雖說並非解釋同字異形部首分立現象，但應用於此未爲不可。

象而不注意說明現象形成的原因，並未得到亦聲實情。龍師就此音義雙重關係之形成考量，便注意到現象背後的原因，而謂亦聲字其實是因語言孳生而形成的轉注字，表現在文字上是「化」字而非造字，〔註 4〕亦聲實際上是語言現象，不能純以文字現象待之，語言孳生關係方是亦聲音義雙重關係的實際內涵。

龍師並指出，許君於亦聲現象雖不免有未達之間，但其對亦聲關係的重視是肯定的，並影響屬字歸部，〈論亦聲〉謂：

> 說文一書的編排，有一基本條例，即據字的義類分立部首，…… 然而如酒字則不在水部，而見於酉部；……其他如胖字在半部，云半亦聲，愷字在豈部，云豈亦聲，阱字在井部，云井亦聲，屢見非一。可見許君於其基本條例之外，又著眼於兩字間的音義雙重關係。

文中又舉丩、疋、叕、宁、丑、𦍌、句七個亦聲字專立部爲例，謂：

> 其中丩、疋、叕、宁四部，尚可謂因部首字無所歸屬，不得不獨立爲部，於是強收諸字以實其內容；（案說文五百四十部中，固不乏但有部首無隸屬字之例，此說實不具理由。）若丑、𦍌二字自可分別入又部、艸部，句字更是形聲字，說文云「从口，丩聲」，尤其當入口部，（案句之義爲曲，當入丩部，云从丩，口聲。）都不具獨立爲部的理由。

故從《說文》丑、𦍌、句三部之立部來看，許君在觀念上認爲對亦聲關係當予特別的重視，並以其爲分部的原則，而從文字之實際情形來看，亦聲關係屬語言孳生關係，在性質上與《說文》基本从屬關係完全不同，是另一類關係。

但許君對亦聲關係之內涵未必如此清楚，《說文》未必將亦聲關係脫離基本从屬關係對待，此二者皆具有意義的關聯，從現象上看，音義雙重關係可以視爲基本从屬關係中之一特殊情形，不必完全脫離基本从屬關係，故《說文》於亦聲之說解模式爲「从某，某亦聲」，前謂「从某」，完全同於基本从屬關係之

〔註 4〕轉注字實經兩階段而形成，其初僅有「表音」部分而不盡是表音的，故其「表音」部分爲字之本體，而後方加上表意部分，此乃爲「化」字之過程，而非造字。而轉注字又可依其表音部分之不同而分爲兩類來源，一類是因語言孳生而兼表意，一類是因文字假借而兼表意，《說文》之亦聲字屬前一來源類。詳參《中國文字學》第二章第五節六書四造二化。

說解模式，後之「某亦聲」，方才指出義兼聲之特殊處，以往學者亦未將亦聲關係視爲另一類从屬關係，而屬字之歸部在此看法下可從寬對待，無論亦聲字所入部之部首是其義符或是聲兼義符，均不能算《說文》錯誤，故於本論文中，對此類情形，並不一一實際檢討，僅在原則上指出《說文》部首與屬字之从屬關係實具兩類。至於屬字本爲亦聲，《說文》說爲形聲或會意者，與其部首自亦具有義的關係，於本論文中不視爲《說文》錯誤歸部，亦不一一檢討。

以上原則討論至此，至於相關討論中學者所提之鳥部及夅字問題，皆爲少數情形，故於以下實例分析中個別討論。

第二節　實例分析

第一篇

上

001　一部　5　1

001001　一　惟初太始，道立於一，造分天地，化成萬物。凡一之屬皆从一。（於悉切）

弌　古文一。

按：字以一橫表一數，初當僅表數而不具抽象之哲學意義，《說文》之訓義蓋爲配合下收屬字而爲。

001002　元　始也。从一从兀。（愚袁切）

按：甲文作、。金文作、、，本指人首，《左傳・僖公三十三年》：「狄人歸其元。」，《孟子・滕文公》：「勇士不忘喪其元。」皆訓首。張日昇曰「高景成以爲元字初文，與兀字爲一字，其說不可易。按：古文字通例・往往變一，如之作土；之作兀，亦如是也。兀又變作元，於金文中亦有類似之現象，如正→→、天→→是也」。字本不从一。

001003　天　顚也，至高無上。从一大。（他前切）

按：甲文作、、。金文作、、。王國維謂「天本謂人顚頂」，陳夢家謂「卜辭的天沒有作上天之義的，天之觀念是周人提出來的」，《甲典》謂「卜辭中僅個別辭例用爲顚頂之義，其餘各處皆當讀爲大」，三說相合，但殷人有無天地之天的觀念尙待進一步證明。字本作[古文字]；次作[古文字]，人首變爲橫；後作[古文字]，增生一橫，此類形變古文字多有。字本不从一。

001004　丕　大也。从一不聲。（敷悲切，宋本作牧悲切）
按：甲文未見。金文作[古文字]。　龍師〈說記一〉「此本假不字爲之，爲別其形，或於中畫加點，由點而橫；或直加一橫，許君遂說爲從一取義。金文又或以二不爲丕，皆爲別嫌而已」。是丕字其下一橫僅爲別嫌，字不从一。

001005　吏　治人者也。从一从史，史亦聲。（力置切）
按：甲文作[古文字]、[古文字]。金文作[古文字]、[古文字]。　龍師〈說記一〉謂「吏之語當出於事，不必出於史，許君亦聲之說，蓋終不可取。又案：金文吏事二字同形，作[古文字]、[古文字]或[古文字]，疑本讀 sl-複母，後從 s-或 l-分其音，小篆又強改上端爲橫者爲吏字以別形，本不以從一爲義也」。

部按：一字產生甚早，唯部中屬字皆不从一，因其字形僅一橫，它字極易衍生或訛變出來，許君便可從而說之；另一方面亦因《說文》將一字附會了哲學意義，〔註 5〕並不僅作數目解，使字義能多方引申，故元、天、丕、吏等字《說文》得屬於一部，實則不从一。

002　上部　4　7

002001　上　高也。此古文上。指事也。凡上之屬皆从上。（時掌切）

〔註 5〕此哲學意義或始於《老子》，而盛行於漢，饒宗頤謂「《太平經》云『一者，數之始也。一者，生之道也。一者，元氣所起也。一者，天之綱紀也，故使守思一，從上更下也。』（王明太平經合校頁六十）說文次元字、天字于一部中，亦即含有此義。太平經云『天乃無上也。……一爲天，天亦君長也（合校頁一四七）』……許君析其字以一大，自是參緯書之說。春秋説題辭『天之爲言鎭也。……故其立字一大爲天，以鎭之也。』此即从一大之說所自出。若乎無上之說，則與太平經相吻合」（參〈太平經與說文解字〉）。春秋潛潭巴亦謂「天之爲言鎭也。……故其立字一大爲天，以鎭之也。」（參《古微書》，頁 221）。

□ 篆文上。

按：甲文作二、二。金文作二、二。字本以長横上加短横示意，後短横變爲丨或卜。

002002 帝 諦也，王天下之號也。从上，朿聲。（都計切）

□ 古文帝。古文諸丄字皆从一，篆文皆从二。二，古文上字。辛、示、辰、龍、童、音、章皆从古文丄。

按：甲文作□、□、□。金文作□、□、□。此字眾說紛紜，但觀其形，當爲一通體象形，字上或有一横，似爲衍生，於甲文，此一横可能表合文「上帝」之上字，但於金文，「上帝」合文作□，則□上之短横必有衍生者，當爲小篆所本。《說文》謂帝从朿聲爲誤。朿，七賜切，與帝字同在段玉裁十六部，但二字聲母相隔甚遠，帝屬端母，朿屬清母，帝不能从朿聲。字本不从上。

002003 旁 溥也。从二闕，方聲。（步光切）

□ 古文旁。

□ 亦古文旁。

□ 籀文。

按：甲文作□、□、□。金文作□、□、□。字不知究解，觀其初形，字不从上，小篆當由□變化而來，上增一横正如兀字□變作□、正字□變作□。

部按：上字由一長畫一短畫構成，十分簡單，古文字頂横上增一横之字形變化結果恰與上字同形，如其字義與上義發生關係，便可附入本部，字實不从上。

005 王部 3 1

005001 王 天下所歸往也，董仲舒曰：「古之造文者三畫而連其中謂之王。三者，天地人也，而參通之者，王也」，孔子曰：「一貫三爲王」。凡王之屬皆从王。（雨方切）

按：甲文作□、□。金文作□、□。

005003 皇 大也。从自，自，始也。始皇者，三皇大君也。自讀若鼻，今俗

以始生子爲鼻子。（胡光切）

按：甲文未見。金文作[金文]、[金文]，其下與王字甲文[甲文]相同，　龍師謂「疑商代已有皇字，其形與早期金文相同，本从王聲，早期金文因仍了甲骨文之形未改（小篆在字从土，即是因仍了金文士字的形象），晚期始恢復其从王聲的本來面貌。至於其上端，以金文驗之，其始原不从自，象日出有光芒之形，其後同化於自字。詩經中皇字義謂盛大光美，蓋其本義如此，其字即從日有光芒見意。」，〔註6〕是皇字乃从王得聲，非从王得義，不應歸本部。

010　丨部　3　2

010001　丨　上下通也。引而上行讀若囟，引而下行讀若退。凡丨之屬皆从丨。（古本切）

按：甲文、金文皆未見，亦不見先秦古籍。部外从丨之字如小、中皆不从丨。此字當由屬字析出，《說文》因形生義，又因義作音，其「上下通」之義乃由其形之抽象詮釋並配合中字說解而來；其音則由引而上行、下行而得，《說文》「囟，頭會腦蓋也」，故上行讀若囟；《說文》「退，卻也」，故下行讀若退。一文因行筆而二讀二義，《說文》中僅此，漢字中亦僅此，蓋本無此字。

010002　中　內也。从口丨，上下通。（陟弓切）

[古文]　古文中。

[籀文]　籀文中。

按：甲文作[甲文]、[甲文]、[甲文]。金文作[金文]、[金文]。早期字形皆有㫃，字中「丨」當爲旗杠，非丨字。

010003　㫃　旌旗杠皃。从丨从㫃，㫃亦聲。（丑善切）

按：甲文、金文未見此字。此丨乃杠形，非表上下通之丨字。

部按：丨字當由屬字析出，本無此字。《說文》望文生義，又依行筆將字別爲二音，行筆方向可爲理解文字之用而不可爲分別文字之用，如生字中豎可理解爲由下行上，示字中豎可理解爲由上行下，以合字義，但不意味丨可依行筆

〔註6〕參《中國文字學》，頁356、357。

上下而別爲二字，凡此皆可爲《說文》虛造之證。

下

011　屮部　7　1

011001　屮　艸木初生也。象丨出形有枝莖也。古文或以爲艸字。讀若徹。凡屮之屬皆从屮。尹彤說。（丑列切）

按：甲文有，《甲典》謂爲國族名，不知是否爲屮字。金文作，高鴻縉曰「字象形，作艸者應是複體，故屮與艸一字。金文無艸字……《說文》中艸頭之字猶留有芬字、塋字未改從複體」。屮字先秦見用於《荀子・富國篇》「刺屮殖穀」及《尚書・洪範》「庶艸蕃廡」之古文本，《漢書》中亦多屮字，然皆用爲草。戴君仁先生謂屮「讀若徹一字，古文或以爲艸，又一字也……此爲同形異字」，〔註 7〕是屮可爲艸又可爲艸本初生。

011007　熏　火煙上出也。从屮从黑，屮黑，熏黑也。（許云切）

按：甲文未見。金文作、、、，高鴻縉曰「原从束上畫黑點形……或加火爲意符，……古人束香草以火熏之，而歆其臭，故初字从束，而志以黑點，黑點者，熏烟之跡也」（字例二篇，頁 261－262），此說可取，但从束未必可見出爲束草，似不若謂象束草形。而黑字金文作、、，無一與金文熏字下部全等，《說文》之說乃據小篆而發，非造字之本然。字本不从屮。

012　艸部　445　31

012001　艸　百芔也。从二屮。凡艸之屬皆从艸。（倉老切）

按：甲文、金文皆未見。古匋文作、。經傳皆以草爲之。

012386　折　斷也。从斤斷艸。譚長說。（食列切）

籒文折。从艸在仌中，仌寒故折。

篆文折。从手。

按：甲文作、。金文作、、。　龍師謂折字「當取

〔註 7〕參〈同形異字〉一文。

斤斷木以見意。嫌於析字，或易木爲[illegible]，或從二木作[illegible]，或於[illegible]之間加畫，《說文》遂說爲從𡗜」。〔註 8〕字實不从艸。

012387　芔　艸之總名也。从艸屮。（許偉切）

按：甲文、金文未見。字當从三屮以別於艸字，非从艸屮，當歸屮部。

014　茻部　4　0

014001　茻　眾艸也。从四屮。凡茻之屬皆从茻。讀與冈同。（模朗切）

按：甲文、金文未見。學者皆謂即草莽字，經傳中未見用茻者。

014002　莫　日且冥也。从日在茻中，茻亦聲。（莫故切）

按：甲文作[illegible]、[illegible]、[illegible]、[illegible]，象日在茻中以會意，非茻亦聲，除非甲骨時代茻、艸、林、𣛧等讀音皆相同，否則字不能並从之。甲文中从茻又从𣛧者另有艿、蒿、春、𨳢等字，此類字亦非茻亦聲。

部按：茻與艸當無別，二者僅爲繁簡之異，甲文中从茻者往往亦从艸，如苴字作[illegible]、[illegible]，莫字作[illegible]、[illegible]，春字作[illegible]、[illegible]；金文有蒿、莫二字从茻又从艸；另有蓼、中、宂、艿、蘇等字金文从茻而小篆从艸。艸部芔字後（今在蒜字後）謂「左文五十三，重二，大篆从茻」，即從芥字起五十三文皆大篆从茻小篆从艸，（如中有草字石鼓文作[illegible]，小篆作[illegible]）可證茻與艸在偏旁中無別）。

屬字僅莫、莽、葬三字，《說文》皆謂茻亦聲，非屬實。　龍師謂「葬與茻……之間，無論其語義相關程度如何，（案：實際情形極爲疏闊）聲母遠隔，不合孳生語條件，即此已足以否定許說。（案：音是客觀的，義則難免主觀，故欲論定孳生語關係，可先從音衡量入手）」，又謂「莫茻、莽茻……之間音同音近，合於孳生語之一條件，但不具語義引申的密切關係，故許說亦不足取。……莫字可釋爲从日在茻中會意，或以爲从日茻聲，都只是創造文字時的偶然牽合，無關於語言。『南昌人謂犬善逐兔艸中』，是否莽字本意，無從確定；即使許說不誤，亦當云从犬茻會意，不涉語言關係，不得謂茻亦聲。

〔註 8〕參〈說文讀記之一〉，頁 42。

金文莽字作[illegible]，尤證其本非茻的孳生語」，〔註 9〕莫字甲文亦可證其非从茻亦聲。

將部中屬字皆謂爲茻亦聲或乃《說文》特意爲之。以丩部來看，屬字因皆爲丩亦聲，具有共通意義而成一部。茻與艸有字形繁簡之不同，在《說文》能分盡量分的觀點下自當分別，於是比照丩部由从茻之字中擇出音與茻近而意義可與茻有關之字另成一部。

《論衡》「草初生爲屮，二屮爲艸，三屮爲芔，四屮爲茻」之說，似正顯出漢儒由字符數量分別文字的觀點，《說文》將屮、艸、茻視爲不同之字，良有以也。

第二篇

上

016　八部　12　1

016001　八　別也。象分別相背之形。凡八之屬皆从八。（博拔切）

按：甲文作八。金文作八。　龍師謂數字五、六、七、八、九、十諸字當爲純粹約定之符號，只是許君於其形無可附會，而不得不改變詮釋的方向，〔註 10〕望文生意，以別釋八。八字僅用爲數字。然《說文》以別釋八或有其源，《說文》謂「平，語平舒也。从亏，从八，八，分也，爰禮說。」馬宗霍謂「亏本爲語詞，又兼平舒之意，許訓平爲語平舒也，義亦與亏無別，所不同者，即在又从八耳。《說文》八下云『別也，象分別相背之形』則八引申之義可爲背又可爲分。故公下云『平分也。从八，从厶。八猶背也，韓非曰背厶爲公。』然則平之从八，以八爲分者，猶公之从八以八爲背矣。故公之義亦通於平，以八爲背，本之韓非；以八爲分，出於爰禮。」〔註 11〕則以別釋八源由背與分二義，非《說文》憑空自創，而《說文》正以背、分、別爲从八之義，如佘、

〔註 9〕參《中國文字學》，頁 319、320。

〔註 10〕參《中國文字學》，頁 212－215。

〔註 11〕參《說文解字引通人說攷》，頁 62。

曾、尚、詹、余、兮（若兮字下明言「八象气越亏也」）等字中八「象氣分散」；如㒸、公二字中八表「背」意；如小、分、介、兆、必、半、柬等字中八表「別」意。公分之字从八，八表分別之意，而無音，與數字之八初不過同形，不可以數字之八義即爲別，而全書無數字之八。「八，別也」，實爲《說文》分析文字觀念之表現。〔註12〕

016002　分　別也。从八，从刀，刀以分別物也。（甫文切）

按：甲文作𠔁，金文作分，象以刀分物之狀，左右二撇或表分別之意，非八字。字不从八。

016003　尒　詞之必然也。从入丨八，八象气之分散。（兒氏切）

按：甲文、金文未見。　龍師謂「《說文》以尒別爲一字，其實尒爲爾省。爾之省作尒，亦猶虎之省作虍（見虘虘膚偏旁，《說文》以爲虎紋字，非是），鹿之省作声（見籀文麀字偏旁），而馬之省作[illegible]（見金文屬字偏旁）也」，〔註13〕爾疑爲𪊨之象形初文，尒本不从八。

016004　曾　詞之舒也。从八，从曰，㘯聲。（昨棱切）

按：《甲典》作[illegible]、[illegible]。金文作[illegible]、[illegible]。此字眾說紛紜，但就其形可知字本不从八。

016005　尚　曾也，庶幾也。从八，向聲。（時亮切）

按：甲文未見。金文作[illegible]，其上不似八，其下與向字金文形異，後方同，《說文》之說非，即以字義而言，無論爲曾、爲庶幾，與許君訓別之八亦無關，字不从八。

016006　㒸　从意也。从八，豕聲。（徐醉切）

按：甲文作[illegible]、[illegible]、[illegible]（此在堯字下）。金文作[illegible]、[illegible]、[illegible]。張日昇曰「按：《說文》云『㒸，从意也。从八，豕聲。』方濬益、吳大澂並釋㒸，即從高隊之古文。郭沫若釋堯，讀爲㒸，古㒸堯

〔註12〕漢人另有由聲訓角度釋八月之八爲別的，與《說文》角度不同，參〈太平經與說文解字〉。

〔註13〕參〈說文讀記之一〉，頁50。

一字。高鴻縉謂字不得爲家，乃彘字而音近通假爲失。《說文》云『家，从意也。从八，豕聲。』字既从八，義當無从意，林義光之言是也。然林氏繼謂此乃墜時分離之象則非，从八者實㒸字上半部八之譌。家象豕著矢之形，郭高二氏已引甲骨文爲証。中矢即倒地，此家之本誼也。後更从自，以見从高隊之意」。字本不从八。

016007　詹　多言也。从言，从八，从产。（職廉切）

按：甲文、金文未見。从言以外，不明所以，《段注》於「从八」謂「多故可分」。由「別」引申爲「分」，意義尚相近，但又由「分」引申爲「多」，太過迂曲，且分亦可引出少義，如《說文》貧字从貝分，其義爲「財分少也」。故詹字从八之說太過勉強，實不可信。

016008　介　畫也。从八，从人，人各有介。（古拜切）

按：甲文作介、介。金文未見。羅振玉曰「象人著介形，介，聯革爲之，或从八者，象聯革形」，其義本爲介冑，所从八形當爲介冑之象形，非八字。

016009　兆　分也。从重八，八，別也，亦聲。孝經說曰：「故上下有別」。（兵列切）

按：甲文有兆，用爲地名，義不詳。金文未見。無論兆是否爲兆，亦無論兆字小篆所从之八義是否爲別，八僅用爲數字，與兆字無關。

016010　公　平分也。从八，从厶，八猶背也，韓非曰：「背厶爲公」。（古紅切）

按：甲文作公、公。金文作公、公，觀其形，字本不从厶，當亦不从八。　龍師謂「公字義爲平分，從背厶之說，學者每疑之，余亦未敢苟同。公谷一聲之轉，容字古文作宂，訟字古文作谻，松字或體作寀，頌字籀文作額，疑公本是谷字，假借爲公私字。《說文》口部：『㕣，山間陷泥地。從口，從水敗皃。』義與谷類，形與公同，其古文作㕣，正從谷字，亦可爲公谷同字之助。」

〔註14〕

016011　必　分極也。从八弋，弋亦聲。（卑吉切）

按：甲文未見。金文作，《金編》收五形，中筆皆彎曲。弋字金文作、，《金編》收六形中筆皆挺直，無彎曲者，《甲典》採裘錫圭說，收、、以爲弋字，中筆亦皆挺直，無彎曲者。必字是否从弋可疑，《說文》謂必字从八弋亦可疑。即令如《說文》所釋，所从之八亦只表分別意，非八字。

016012　余　語之舒也。从八，舍省聲。（以諸切）

按：甲文作、。金文作、。此字眾說紛紜，然由字形演變來看，《說文》「从八，舍省聲」之說非是。郭沫若曰「其在金文，器屬于西周者作，屬于東周者始从八作余」，而舍字金文作、，故知八形乃隨而生，張日昇曰「余又或作从八，此乃晚周文字之增繁飾也，非《說文》从八之謂。金文魯或作，樂或作可證」，余本不从八。

016013　𠎳　二余也。讀與余同。

按：《古本考》謂「玉篇此字列於余下，注云同上，是顧野王所據本𠎳即余字，古本余下當有重文𠎳」。《篆隸萬象名義》八部余字後即𠎳字，其下謂「余字」，亦可證𠎳本爲余字重文。

部按：龍師謂「許君於諸數名字，獨八字不說爲數名，此因分析部中諸字皆從八爲分義，遂云八別也。八字實無分別義，部中諸字從『八』取分之意者（若尒曾尙㒸諸字從『八』實無取於分意），亦不必即爲八字。段注云：『今江浙俗語，以物與人謂之八，與人則分別矣。』此傅會爲說。張舜徽約注云：『今湖湘間稱以物與人謂之把，當即八字。』把與八音固不同也。余謂八即數名之八，約定爲字，義無可言，凡四以上至十諸字俱如此，余稱之指事。」，〔註15〕　龍師所說甚是，八字本身不作別用。屬字如尒、尙、㒸、余等字本不具)(形；分、介、兆、必等字中之「)(」或有表現分別的作用，但非八字；曾、

〔註14〕參〈說文讀記之一〉，頁42。

〔註15〕參〈說文讀記之一〉，頁42。

詹、公三字《說文》之說非是，從字義來看，與八字本無關。分、尒、介、必、余等字小篆八形隔於字之兩側亦可疑。部外小、半二字《說文》謂从八，然小字甲文作[illegible]、[illegible]，金文作[illegible]、[illegible]，《甲集》謂「象物之微細之形」，本不从八；半字指牛之夾脊肉，牛上二撇正示牛之夾脊處，不必爲八字，且以分釋八，非八之字義。

022　口部　180　21

022001　口　人所以言食也。象形。凡口之屬皆从口。（苦厚切）

按：甲文作[illegible]。金文作[illegible]。

022067　和　相應也。从口，禾聲。（戶戈切）

按：甲文作[illegible]、[illegible]（禾字下）。金文作[illegible]、[illegible]。　龍師謂「今字作和，禾在左，金文編收二和字並作[illegible]，木即禾字，偏旁混同，亦禾在左。篆文作口左禾右者，疑和本由禾字孳乳。禾字作[illegible]，象禾穗形，匡廓之而爲[illegible]，猶本字作[illegible]，見本鼎，下象木根，而說文古文作[illegible]，此所以口在左也。金文或借禾爲龢，龢與和通用不別，宜可爲和字孳乳成字之證」。〔註16〕禾字甲文作[illegible]、[illegible]、[illegible]，其穗或在左或在右，後穗形爲口同化，字變作[illegible]、[illegible]，从口之字口在字左，和字或爲與从口之字別嫌，故後取[illegible]而捨[illegible]。

022164　各　異辭也。从口夊，夊者有行而止之，不相聽也。（古洛切）

按：甲文作[illegible]、[illegible]。金文作[illegible]、[illegible]。羅振玉曰「各从[illegible]，象足形自外至，从口，自名也。此爲來格之本字」，陳夢家从其說而嫌从口自名之說牽強，張日昇曰「甲骨文出作[illegible][illegible][illegible]諸形，正足與各作[illegible][illegible][illegible]相比較，古人穴居，[illegible][illegible]正象其居所，足背穴，乃離家外出之象，足向穴，乃自外臨至之象」，以[illegible][illegible]象古人穴居處修正羅說可从。字本不从口。

024　吅部　6　2

024001　吅　驚嘑也。从二口。凡吅之屬皆从吅。讀若讙。（況袁切）

按：甲文有[illegible]，《甲典》謂爲地名。金文未見。經傳未見，當無

〔註16〕參〈說文讀記之一〉，頁43。

此字，乃由屬字析出；其義當由二口聯想並與屬字訓義配合而得；其音則因義而得，徐箋謂「集韻吅與喧同，昍部囂讀若讙，是吅、囂、讙、喧四字音義皆相近也」，屬字單下《說文》謂「大也……吅亦聲」，《段注》「當爲大言……大言故从吅」，大言有喧譁意；咢下《說文》謂「譁訟也」，而言部讙、譁互訓。單、咢二字實不从吅（參下），二字說解正可說明《說文》吅讀若讙乃出後世之附會。

024002　嚴　亂也。从爻工交吅。一曰窒嚴。讀若禳。（女庚切）

　　　籀文嚴。

按：甲文未見。金文作、，高鴻縉曰「劉幼丹釋襄，謂說文襄作，云漢令解衣耕謂之襄，又謂稣甫人匜襄作，从衣，，象人側身伸兩手解衣之形，从土，从屮，屮即之變，致力於土耕意也。丁佛言釋爲嚴，大系考釋從之。今按：釋襄釋嚴皆是也。原意爲解衣耕，本銘字正象之，訛變爲嚴，說文載籀文嚴作，譌變之跡顯然」，可備一說。由字形來看，篆文所从之吅乃由訛變而來，字本不从吅。

024003　嚴　教命急也。从吅，厰聲。（語杴切）

　　　古文。

按：甲文未見。金文作、、。本作，後增二口或三口，所从口數既可二可三，則字中二口定非吅字。

024004　咢　譁訟也。从吅，屰聲。（五各切）

按：甲文作、（此在喪字下）。金文作、。　龍師謂「吳羅說噩字，及羅說喪字從噩，至確。唯二氏於噩字形構都無說明，……余由顙頟同語，以推噩字從桑聲，噩喪實爲一語，其韻則魚陽對轉，其聲則爲 sŋ-複母。始蓋假桑爲喪，益之以口而爲喪專字。……及讀聞一多釋噩之文，與余說大同，所舉顙頞一例，且出余慮之外，爲之嘆服。……惜乎聞氏徒知心疑二母相遠，而不知古有 sŋ-複母，至欲藉泥母作介爲之溝通，而無裨所論。今爲舉 sŋ-之複母：聞氏舉屰字五各切（案當云宜戟切），疑母，朔從屰聲所角切，古心母，即其一。㕯魚列切，疑母，辥以爲聲私列切，心母，是其二。金文薛作[illegible]，以月爲聲，月魚厥切，薛字心母，是其三。埶字魚祭切，褻䙝等字以爲聲私列切，是其四。彥字魚變切，產字以爲聲所簡切，是其五。魚字疑母，穌字以爲聲素姑切，心母，是其六。吾字五乎切，疑母，魯字以爲聲悉姐切，心母，是其七。午字疑母切，卸字以爲聲司夜切，心母，是其八。御以卸爲聲牛倨切，疑母，是其九（午字爲台語借用，或以 s-爲聲，或以 ŋ-爲聲，或竟讀 saŋa）。疋字既音所葅切，說文云又爲詩大雅字，雅字五下切，是其十。太玄之不晏不雅，晏雅同詩韓奕之燕胥，胥字相居切，心母，是其十一。詩女曰雞鳴琴瑟在御，阜陽漢簡御字作蘇，蘇穌同音，是其十二。荀子議兵蘇刃者死，蘇讀禦若逆（詳拙著荀子論集讀荀三記一文），禦御同音，逆音宜戟反，疑母，是其十三。此所以喪噩本爲一字，而顙即頟，顡即頞也。」。〔註 17〕甲文咢字所从之口數由一至五皆可，顯然本非从吅。

024005　單　大也。从吅甲，吅亦聲，闕。（都寒切）

按：甲文作[illegible]、[illegible]。金文作[illegible]、[illegible]。字本象一物，或說爲觶之古文，或說與干同字，無論爲何，小篆所从之吅乃字變之訛形，字本不从吅。

部按：本部屬字五字，除䍿字古文字中未見，無可驗證外，餘皆不从吅。部外如哭字，亦不从吅（參哭字下）。吅蓋本不爲字，漢儒說字，於嚴、嚴、咢、單等字析出吅字，於是有《說文》之吅部及屬字耳。

025　哭部　2　0

025001　哭　哀聲也。从吅，从獄省聲。凡哭之屬皆从哭。（苦屋切）

按：甲文、金文未見。葉玉森謂「先哲造字，哭必先於獄，許君謂从獄省聲，殊難徵信」，哭不从獄省聲，从吅亦可疑，　龍師

〔註 17〕參〈說文讀記之一〉，頁 44。吳大澂謂噩、咢、鄂爲一字，羅振玉謂古金文中喪字從噩從亡。

謂「以笑哭二字合觀，釋笑字從艸象綻眉形，哭字上從吅象淚眼，爲淚所盈，故不見其睛，後同化於吅；……今謂哭字從犬，實爲狗字，以狗字爲聲」，〔註18〕字實不从吅。

025002　喪　亡也。从哭，从亡，會意。亡亦聲。（息郎切）

按：甲文作[illegible]、[illegible]、[illegible]。金文作[illegible]、[illegible]、[illegible]。喪與噩、咢本同字，不从哭。（參咢字）即喪字小篆上部二口在犬形二側，與哭字形異。

027　止部　14　1

027001　止　下基也。象艸木出有址，故以止爲足。凡止之屬皆从止。（諸市切）

按：甲文作[illegible]、[illegible]，金文作[illegible]。王筠《釋例》對此字有詳細之剖析，其文謂《說文》「止下云下基也（阜部阯基也或作址）象艸木出有址，故以止爲足。許君大誤矣，止者，趾之古文也，與又部下所云手之列多，略不過三同意，上象足指，下象足跟，右上作[illegible]者，足掌長而指短，然不能畫其掌於下，故曲一筆以見意，謂足指止於是耳。一引伸爲行止，再引伸爲止物，若基址自以阯址爲正，諧聲兼會意，人之趾，室之阯，皆在下也。且以部中字言之，踵壁疌㱁（……）少𣦼（……）皆從足趾之止也；歭前歷歜歸，皆從行止之止也；堂歫，皆止物使之不動也，是從之之字未嘗有基址意，即本字無基址意可知也。再以前後各部言之，走爲疾趨，故從犬止，犬能疾走也；癶則兩足箕張也，故曰足剌癶也；步則兩足忽前忽後也，故曰行也，然則許君於從止之字概以爲本義，而於止之本字，獨以足爲借義，蓋以止與[illegible][illegible][illegible]等字形相似，故爲是言，然艸木之根，曰柢曰本曰氐，無涉於從土之址也。況許君不收趾字，固以止爲趾之古文也，特審字形小誤，因致周章，不知止字當放平看，不似[illegible]字當豎起看也。（疋下云，古文正從一足，足亦止也，此許君引伸義，非手足之本義耳。）」，止即足趾之象形，从止之字所从非「下基也」之止字，

〔註18〕參〈說文讀記之一〉，頁45。

仍爲足趾形，如登、步、正等字甲文分別作[illegible]、[illegible]、[illegible]，《說文》「下基也」之訓，實牽連它字字形，望文生意。

下

034　彳部　37　7

034001　彳　小步也。象人脛三屬相連也。凡彳之屬皆从彳。（丑亦切）

按：甲文、金文未見。經傳未見用。《甲集》行字下羅振玉謂「[illegible]象四達之衢，人所行也。……古从行之字或省其右作[illegible]，或省其左作[illegible]，許君誤認爲二字者，蓋由字形傳寫失其初狀使然矣。」龍師亦謂彳亍二字「分別由古文字的[illegible][illegible]演變，在古文字本身，[illegible][illegible]只是[illegible]的半體，且僅見於偏旁。（案：說文行下亦云从彳亍）行字本義爲道路，象形；故亦以[illegible]與[illegible]表道路。古文字正反不拘，反書時[illegible]即爲[illegible]，非[illegible][illegible]本自不同」。〔註 19〕彳亍之形乃行字用於偏旁時省成，二者之義當由行字而來，《說文》行乃「人之步趨也」，故謂彳爲「小步」而亍爲「步止」，《群經正字》謂「彳亍、躑躅古今字，躑躅見易姤爻辭及禮記三年問」，彳亍二者之音或即由躑躅而來。此二字後見用於潘岳射雉賦「彳亍中輟」、張衡舞賦「彳兮中輒」、左思魏都賦「澤馬亍阜」、顏延年赭白馬賦「秀騏齊亍」，皆在《說文》之後。部中屬字所从之彳乃行省，包括潘左之賦，非彳別爲「小步」字之證。

034037　亍　步止也。从反彳，讀若畜。（丑玉切）

按：甲文、金文未見。經傳未見用，本爲行省，不成字。（參上）《讀若考》謂「古畜蓄通用，艸部蓄「積也」，積有止義，此步止之亍亦讀畜也」，畜積、躑躅皆有止義，亍之音蓋由止義附會而成。

035　廴部　4　0

035001　廴　長行也。从彳引之。凡廴之屬皆从廴。（余忍切）

按：甲文、金文未見。

〔註 19〕參《中國文字學》，頁 286。

035002　廷　朝中也。从廴，壬聲。（特丁切）
按：甲文未見。金文作[glyph]、[glyph]等。字不知確解，但觀其形，壬聲當由[glyph]變來，所从之廴當由乚訛變，字本不从廴。

第三篇

上

047　干部　3　0　（丁補）

047001　干　犯也。从反入，从一。凡干之屬皆从干。（古寒切）
按：甲文或作[glyph]，或作[glyph]。金文作[glyph]、[glyph]。或謂爲盾，或謂爲捕獸器。

047002　羊　撖也。从干，入一爲干，入二爲羊。讀若飪，言稍甚也。（如審切）
按：甲文、金文未見。字不見經傳。　龍師謂「此字實從偏旁分析得之，非眞有羊字也。籀文燮字從羊，漢儒又分析南字，以羊爲其聲，因望文生訓，從南字設音，以其字從入二，較干之從入一爲甚，遂云其義爲撖，其音如飪。今知燮南二字並不從羊，見金文，由知羊不爲字」。〔註20〕金文燮字作[glyph]，南字作[glyph]，與羊字無關，與羊所从之干亦無關。羊字本無，更遑論是否从干了。

047003　屰　不順也。从干下屮，屰之也。（魚戟切）
按：甲文作[glyph]，[glyph]，金文作[glyph]、[glyph]，羅振玉謂爲倒人形，不从干，亦不从屮。

部按：部中屬字羊、屰皆不从干，實無立干部之必要。

054　十部　10　0

054001　十　數之具也。一爲東西，丨爲南北，則四方中央備矣。凡十之屬皆从十。（是執切）
按：甲文作[glyph]。金文作[glyph]、[glyph]、[glyph]。字本以一豎表十，高鴻縉曰「作豎畫者，以別於橫畫之一也。……周初於豎畫之中點作肥筆以取姿，後漸變爲直中加點，周秦之際，點復變爲一橫，小篆

〔註20〕參〈說文讀記之一〉，頁47。

本之。隸楷皆依小篆，是則東西南北之說非其本矣」。十字僅用爲數字，《說文》以具備之意說之，當爲附會。

054003　千　十百也。从十，从人。（此先切）

按：甲文作 。金文作 。十字甲文作丨，故知千不从十。甲文二千作 ，三千作 ，四千作 ，五千作 ，可知千字即一千，其下非十。至於字形是否从人則不可確知。

054006　博　大通也。从十，从尃，尃，布也。（補各切）

按：甲文未見。金文作 、 ，《漢表》定爲西周時字形，然十字西周金文作丨、丨，至春秋戰國始有作十者，由此可知博字所从十形非數字十，且十字並無博洽意，博不得从十。

部按：十字形簡，故易附會。然十字字形演變各階段極清楚，若字果从十其形亦當與十共遷化，如廿、卅，至少不當先十變化，博字偏旁在十字尚未變作十時先已變作十，顯然从十之說不足信。

057　誩部　4　1

057001　誩　競言也。从二言。凡誩之屬皆从誩。讀若競。（渠慶切）

按：甲文、金文未見。經傳未見用。詳參部按。

057002　譱　吉也。从誩，从羊，此與義美同意。（常衍切）

善　篆文譱。从言。

按：甲文未見。金文作 、 、 。（參下）

057003　競　彊語也。一曰逐也。从誩，从二人。（渠慶切）

按：甲文作 、 ，金文作 、 、 。張日昇謂競曰「競篕字作 ，乃最近初文，象二人相並，口向上，以語相爭勝」。

057004　讟　痛怨也。从誩，賣聲。春秋傳曰：「民無怨讟」。

按：甲文、金文未見。爲與讀字別嫌而从二言。

部按：〈說記一〉謂「林義光文源競字下云：『誩即競之偏旁，不爲字。』宇純案：余曩爲中國文字學，主說文中字，有分析自文字偏旁者，今讀文源，知林氏先得吾心，喜而錄之。本部三字，競字而外，譱字所以從誩，以別有詳字，更作左右式，則與詳字同形；取上下式，又害於字形之方正，因增一言列之羊下，以加大寬度。二言猶一言，非有所取義乎「競言」也。小篆雖強改為一言，其字終不可傳，今書作善而不見言字矣。譱字所以從誩者，亦以有讀字而不得從一言。譱與謗同義，謗字從言，尤不啻譱字從二言義同一言之證」。〔註21〕競與誩音義皆同，誩當由競字析出。

058　音部　6　0

058001　音　聲也，生於心有節於外謂之音，宮、商、角、徵、羽，聲，絲、竹、金、石、匏、土、革、木，音也。从言含一。凡音之屬皆从音。（於今切）

按：甲文作□。金文作□。　龍師謂「甲骨文言音二字同形，金文音字亦或作□；……於『□』內更加一橫為音字，又屬後起的別嫌方法」。〔註22〕

058005　章　樂竟為一章。从音，从十，十，數之終也。（諸良切）

按：甲文未見。金文作□、□、□。林義光曰「按：古作□（伐徐鼎），不从音，亦不从十」。　龍師疑从音从十之章字為李斯等遷就字說所改。〔註23〕

069　爨部　3　1

069001　爨　齊謂之炊爨。𦥑象持甑，冂為竈口，廾推林內火。凡爨之屬皆从爨。（七亂切）

□　籀文爨省。

按：甲文、金文未見。

069003　釁　血祭也。象祭竈也，从爨省，从酉，酉所以祭也，从分，分亦聲。（虛振切）

按：甲文未見。金文作□、□、□。　龍師謂「此字基因當為□，□為人形，上象二手持一倒置之皿，蓋作沐浴狀，由音推求，當

〔註21〕參〈說文讀記之一〉，頁48。

〔註22〕參《中國文字學》，頁204。

〔註23〕參《中國文字學》，頁390－393。

即沫字」，〔註24〕字不从釁省，亦不从分。

下

072　𩰲部　13　12

072001　𩰲　䰞也，古文亦鬲字，象孰飪五味气上出也。凡𩰲之屬皆从𩰲。
按：甲文、金文未見。經傳亦未見用。《段注》謂「此云古文亦鬲字，即𠔁籀文大改古文之例」。鬲𩰲本一字，鬲字甲文作[illegible]，金文作[illegible]、[illegible]，當爲本字，𩰲則未見於甲文金文字，即偏旁中亦未見用，故或爲六國文字之寫法。

部按：𩰲與鬲既同字，本部實當併入鬲部。

下

073　爪部　4　2

073001　爪　丮也。覆手曰爪，象形。(側狡切)
按：甲文、金文未見。

073004　爫　亦丮也。从反爪，闕。(諸兩切)
按：甲文、金文未見。經傳未見用，見揚雄河東賦「爫華蹈衰」。
龍師謂「此由分析偏旁而爲字，故無其音，而許云闕。說見中國文字學三章五節」。〔註25〕

074　丮部　8　1

074001　丮　持也。象手有所丮據也。凡丮之屬皆从丮。(几劇切)
按：甲文作[illegible]。金文作[illegible]。羅振玉曰「象兩手執事形」。

074008　𠮦　亦持也。从反丮，闕。(居玉切)
按：甲文、金文未見。經傳未見用。　龍師謂「此從分析鬥字而

〔註24〕參《中國文字學》，頁180。

〔註25〕參〈說文讀記之一〉，頁49。

來，本不爲字，故亦無音。」說見中國文字學三章五節。〔註26〕

084　臤部　4　1

084001　臤　堅也。从又，臣聲。凡臤之屬皆从臤。讀若鏗鏘之鏗。古文以爲賢字。（苦閑切）

按：甲文未見。金文作、。

084004　豎　豎立也。从臤，豆聲。（臣庾切）

籀文豎。从殳。

按：龍師謂「此本臣豎字（參王國維、林義光說），假借言立，其字原以從臣爲義，以殳爲聲，即甲骨文字；或從臣，豆聲，見古鉨文。籀文合二聲爲一，若福字或從示北聲，或合畐聲北聲作；小篆省爲豎」。〔註27〕字本不从臤。

086　殳部　20　1

086001　殳　以杸殊人也。禮，殳以積竹八觚，長丈二尺，建於兵車旅賁以先驅。从又，几聲。凡殳之屬皆从殳。（市朱切）

按：龍師謂「几聲非古，此字本作，象形，見甲骨文字偏旁」。〔註28〕

086005　殸　从上擊下也，一曰素也。从殳，青聲。（苦角切）

按：甲文作，金文未見。或謂鼓樂之象，然殳爲杖，當如豎字甲文偏旁作，與此形不同。字不从殳。

086018　𣪘　揉屈也。从殳，从皀，皀古文叀，簋字从此。（居又切）

按：甲文作，金文作。當不从殳。（參皀字條）

086019　役　戍邊也。从殳，从彳。（營隻切）

古文役。从人。

按：甲文作，金文未見。當不从殳。

089　寸部　7　0

〔註26〕參〈說文讀記之一〉，頁49。

〔註27〕參〈說文讀記之一〉，頁49。

〔註28〕參〈說文讀記之一〉，頁49。

089001　寸　十分也。人手卻一寸動𧖴謂之寸口。从又，从一。凡寸之屬皆从寸。（倉困切）

按：甲文、金文未見。

089002　寺　廷也，有法度者也。从寸，之聲。（祥吏切）

按：甲文未見。金文作、。金文早期作，晚期方有从寸者，方濬益曰「寺爲古持字，石鼓文弓茲以寺、秀弓寺射皆以寺爲持」。字本从，不从寸，所从寸形當由手變。

089005　專　六寸簿也。从寸，叀聲。一曰專，紡專。（職緣切十四部）

按：甲文作、、。金文未見。徐箋謂「此疑當以紡專爲本義……引申爲圜轉之偁，又爲專壹、專謹之義」，李孝定謂「契文即象紡錘之形，从又，所以運之」。字當从手，不从寸。

089006　尃　布也。从寸，甫聲。（芳無切）

按：甲文未見。金文作，皆从手，不从寸。

部按：本部屬字之甲文、早期金文皆不从寸，除導字外，皆从手。要至春秋、戰國方變爲寸，羅振玉曰「凡篆文从寸之字古文皆从又」〔註29〕然下列現象可堪注意：《說文》叟、叔二字小篆从籀文从寸；友字古文作。古器物中又字又作（中山王鼎）、（中山王譽兆域圖）；右字本从手，又作（南季鼎）；守字或作、，或作、、，甚而作，羅說當保留。　龍師謂肘字本當作，後因與寸字形同，故加肉旁以別嫌，《說文》謂肘从肉寸，从寸實無所取義。另有疛字，《說文》謂爲肘省聲，其實字中之寸即肘之初文。手與肘形義皆近，故在文字中，特別是偏旁中通用，以上諸字中之實爲肘，而非分寸之寸。於偏旁中之下加一成，有時亦可避免字形下方空虛，有助方正美觀。〔註30〕

095　用部　5　1

095001　用　可施行也。从卜，从中，衛宏說。凡用之屬皆从用。（余訟切）

〔註29〕參《甲集》專字下。

〔註30〕關於中國字形要求方正美觀，可參《中國文字學》第三章第三節與第七節論字形的部分。

按：甲文作□、□，金文作□、□，其說不詳。

095002　甫　男子美稱也。从用父，父亦聲。（方矩切）

按：《甲集》作□。金文作□、□、□，羅振玉謂「象田中有蔬，乃圃之最初字」。　龍師謂「甫字作□、□、□三形，前後二形分別與甲骨文小篆相同，中一形上端與父字略近。疑此先強改□之形作□以別義，與改□為□、改荼為茶相同；（詳第二章第五節）更改□字為□，使其形有可說，□與□並是□字經由假借而形成的轉注字」，〔註 31〕《集韻》姥韻甫與圃同字，可為羅說之助。字不从用。

095004　葡　具也。从用，苟省。（平祕切）

按：甲文作□、□。金文作□、□、□。羅振玉謂「其字本象箙形，中或盛一矢、二矢、三矢，後乃由从一矢之□、□變而為□、□……矢箙之初字全為象形，字乃由□轉寫而為□，由□又轉譌而為葡為犕，又由犕而通假作服，又加竹而為箙」。小篆下部已與用字同化，本不从用。

097　㸚部　3　1

097001　㸚　二爻也。凡㸚之屬皆从㸚。（力几切）

按：甲文、金文未見。亦不見於經傳。

097002　爾　麗爾，猶靡麗也。从冂，从㸚，其孔㸚，尒聲。此與爽同意。（兒氏切）

按：甲文有□、□，與爾金文相似，或為爾。金文作□、□、□，銘文無義可徵。　龍師謂「金文作□或□，與說文從冂從㸚之說不盡相合；尒下云：『詞之必然也。從入丨八』，殆全不可理解。說文𪓿下云『𪓿𪓿，詹諸也。從黽，爾聲』，疑爾即𪓿𪓿之象形。」。〔註 32〕字本不从㸚。

〔註 31〕參《中國文字學》，頁 394。

〔註 32〕參〈說文讀記之一〉，頁 50。

第四篇

上

104　白部　7　2

104001　白　此亦自字也。省自者，詞言之气从鼻出，與口相助也。凡白之屬皆从白。（疾二切）

按：甲文自字作、，金文作，白小篆當由甲文後者變成。

104002　皆　俱詞也。从比，从白。（古諧切）

按：甲文未見。《金編》收、作皆，觀其形，字不从白而从曰。

104003　魯　鈍詞也。从白，鮺省聲。論語曰參也魯。（郎古切）

按：甲文作，其下所从之形皆扁長，以魚為聲。金文作、、， 龍師謂「與魚尾相接作，（見頌鼎）於是下端同化於字，而成小篆的，說文即解云从」，〔註33〕本不从白。

104004　者　別事詞也。从白，聲，，古文旅字。（之也切）

按：甲文未見。金文作、、，觀其形，本不从白。

104005　𪉍　詈也。从白，𠃬聲，𠃬與疇同，虞書曰：「帝曰𪉍咨」。（直由切）

按：甲文、金文未見。林義光曰「𪉍古作（豆閉敦），變作（魯大司徒匜壽字偏旁）」，馬敘倫曰「𪉍字金文字所從者，亦多從口」（見《金詁》魯字下）。《說文》謂壽字「从老省，𪉍聲」，其金文作、、，可知𪉍字小篆所从乃口形之訛變，字本不从。

104006　智　識詞也。从白，从亏，从知。（知義切）

古文智。

按：甲文作。金文作、等形。觀其形，字本不从白。

104007　百　十十也。从一白，數，十百為一貫，相章也。（博陌切）

古文百。从自。

按：甲文作、、。金文作、。 龍師謂「甲骨文百字有、、、、、、諸形，凡字上有橫畫者，原

〔註33〕參《中國文字學》，頁295、296。

是一百二字合書，即逕讀爲百字；與千字原是一千合書的情況相同。本假白爲『百』，或變⊖形爲🜁爲⊖，或又改其兩側與橫畫相接而爲㘝爲㘝，並變其形貌以別義，形成轉注的專字『百』」。〔註34〕是百本从白，不从白。

部按：白白實有其字，但部中屬字本皆不从白，至金文或小篆時，字形方訛變爲从白。本部實可併入自部。

113　苜部　4　0

113001　苜　目不正也。从𦫳目。凡苜之屬皆从苜。莧从此。讀若末。（模結切）
按：甲文、金文未見。經傳未見用。苜當即由蔑字蔑字析出，三字音同而意義關係密切。苜字讀若末者，正因古書蔑末通用，如《論語》「亡之命矣夫」，《漢書》引作「蔑之命矣夫」，《新序》作「末之命矣夫」，亦通眛，不正即有不明意。本無此字。

113002　瞢　目不明也。从苜，从旬，旬，目數搖也。（木空切）
按：甲文、金文未見。《段注》謂「周禮眡祲六曰瞢，注云日月瞢瞢無光也。按：小雅視天夢夢，夢與瞢音義同也」，《義證》謂「襄十四年左傳亦無瞢焉，杜云瞢，悶也，通作夢」，《字通》謂「周禮職方氏其澤藪曰雲瞢，爾雅禹貢作雲夢。班固敘傳『子文棄于瞢中』注瞢同夢」，是瞢與夢本爲一字，由夢之義引申出不明意，後加目爲義符轉注出瞢字。夢字甲文作[古文字]，其中[古文字]當即瞢字小篆之[古文字]，而瞢字小篆字形結構當爲从[古文字]从目明矣，字本不从苜。

113003　蔑　火不明也，。从苜，从火，苜亦聲。《周書》曰：「布重蔑席」，蔑席，纖蒻席也。讀與蔑同。（莫結切）
按：甲文、金文未見。於《周書》，蔑字與蔑字音同義通，當是蔑之轉注字，从蔑而省。《說文》云「讀與蔑同」，與龢讀與和同一例。

113004　蔑　勞目無精也。从苜，从戍，人勞則蔑然也。（莫結切）
按：甲文作[古文字]、[古文字]。金文作[古文字]、[古文字]。其字形結構當本爲从[古文字]从戈

〔註34〕參《中國文字學》，頁159。

以會意。偏旁中省為，為別於眉字而改易為，後竟影響其全形作字，見金文。《說文》據小篆附會成从苜从戍，字本不从苜。

117 雔部 3 0

117001 雔 雙鳥也。从二隹。凡雔之屬皆从雔。讀若醻。（市流切）

按：甲文、金文未見。經傳亦未見用。

117002 靃 飛聲也。从兩雔，雨而雙飛者，其聲靃然。（呼郭切）

按：甲文作、金文作、。霍从一隹、二隹、三隹皆可，但此所从之二隹不必爲雔字；所从之三雥亦不必爲雥字，蓋《說文》隹、雔、雥分別爲三字，各爲部首，字義亦不同，所从隹之多寡與字義有直接關係，故就《說文》而言，隹、雔、雥於文字偏旁中亦不可替換，雥部雧字重文作集，《說文》注以「雧或省」而不謂「或从隹」，即可爲證。霍从二隹，但不必从雔字。

117003 雙 隹二枚也，从雔，又持之。（所江切）

按：甲文、金文未見，江陵楚簡作雙。字从二隹，但二隹不必為雔字。

部按：《說文》隹、雔、雥三部因隻、雙、雧三字而有必要設立，但並不表示在所有古文字中隹、雔、雥都有辨義作用，如之正反表不同字，但不表示在古文字中从、皆具辨義作用。又雙字从二隹，亦不表示字中所从之二隹即雔字。

120 烏部 3 3

120001 烏 孝鳥也。象形，孔子曰：「烏，盱呼也。取其助气，故以爲烏呼。」凡烏之屬皆从烏。（哀都切）

古文烏象形

象古文烏省

按：甲文未見，金文作、、

120002 舄 䧿也，象形。（七雀切）

篆文舄。从隹昔。

按：甲文未見。金文作、、，觀其形，字不从烏。

120003　焉　焉鳥，黃色，出於江淮。象形。凡字，朋者羽蟲之長。烏者日中之禽；舄者知大歲之所在；燕者，請子之候，作巢避戊己。所貴者，故皆象形，焉亦是也。(有乾切)

按：甲文未見。金文僅一形作。

部按：本部僅烏、舄、焉三字，《說文》皆謂象形，其形各異，因並無屬字，故綜爲一部。

下

121　𠦒　4　2

121001　𠦒　箕屬，所以推棄之器也。象形。凡𠦒之屬皆从𠦒。官溥說。(北潘切)

按：甲文、金文未見。

121002　畢　田网也。从田，从𠦒，象形，或曰田聲。(卑吉切)

按：甲文未見。金文作、。《段注》謂「田獵之网也，必云田者，以其字從田也。小雅毛傳曰：『畢，所以掩兔也』，月令注曰『網小而柄長謂之畢』，按：鴛鴦傳云畢掩而羅之，然則不獨掩兔，亦可掩鳥」，孫詒讓曰「畢字其有耳者，畢星象畢，史記天官書謂畢有附耳，是畢有耳之證，若箕𠦒則不聞有耳，知非𠦒字也」。畢本爲田獵之器，其所从與𠦒形同而實異，其先或略有不同，後則無異。字不从𠦒。

122　冓部　3　0

122001　冓　交積材也。象對交之形。凡冓之屬皆从冓。(古候切)

按：甲文作、、。金文作、。羅振玉謂「卜辭借爲遘遇字」。

122002　再　一舉而二也。从冓省。(作代切)

按：《甲典》作、。金文作，《說文》謂「从冓省」，《段注》改爲「从一，冓省」。字實不當从冓省。(參下)

122003　爯　并舉也。从爪，冓省。(處陵切)

按：甲文作、。金文作、。字不當从冓省。(參下)

部按：冓、再、爯所从之[illegible]當指一物，冓象二[illegible]相接；爯象以手稱[illegible]；再字則不詳。然再、爯二字當非从冓省，《釋例》謂「此乃以冓字摺疊觀之」，說當非，《甲典》从[illegible]之字另有[illegible]、[illegible]、[illegible]、[illegible]、[illegible]，難道其中之[illegible]皆爲冓爲？皆爲摺疊之冓？若[illegible]於偏旁可表一可表二，豈非造成識字之困擾？《說文》爲成其再、爯从冓省之說，故謂再「一舉而二也」；謂爯「并舉也」，然冓字卜辭用爲遘遇意，其造字重點在相交，故或作[illegible]，中加一橫以強調遘遇意，而非著重在數量爲二上，故其字形不作[illegible]或[illegible]；再字字義著重於「再一次」上，表序數二而非數量二；爯字古籍則僅用爲舉，無并意。《說文》無[illegible]字，故不得不以「冓省」說解再爯二字，二字實不从冓省。

125　叀部　3　3

125001　叀　專，小謹也。从幺省，屮，財見也，屮亦聲。凡叀之屬皆从叀。（職緣切）

[illegible]　古文叀。

[illegible]　亦古文叀。

按：甲文作[illegible]、[illegible]。金文作[illegible]、[illegible]。或謂象紡專之形。

125002　惠　仁也。从心叀。（胡桂切）

[illegible]　古文惠，从芔。

按：甲文未見，金文作[illegible]、[illegible]。此字當从心叀聲，叀惠同音，《尚書・顧命》「二人雀弁執惠」，僞孔傳云「惠，三隅矛。」[illegible]即三隅矛之惠象形初文，（[illegible]从[illegible]，參畀字）與紡專字各別，惠當入心部。詳　龍師〈說文讀記〉。

125003　疐　礙不行也，从叀引而止之也，叀者如叀馬之鼻，从此與牽同意。（陟利切）

按：甲文作[illegible]、[illegible]。金文作[illegible]、[illegible]。由甲文至金文至小篆，字形演變之跡極明確，甲文[illegible]即疐字，但不知何解，觀其形，本不从叀。

135　肉部　140　20

135001　肉　胾肉。象形。凡肉之屬皆从肉。（如六切）

按：甲文作 [illegible] 。金文未見，偏旁中作 [illegible] 。

135137　𣎆　或曰嘼名。象形。闕。（郎果切）

按：甲文、金文未見。　龍師謂「說文中羸、嬴、贏、𥂁、蠃、臝、嬴七字從𣎆，其中贏、嬴二字見於金文編，收了十二個嬴字和一個贏字，略舉如下：

（一）伯衛父盉嬴作 [illegible]　（五）鄦子簠嬴作 [illegible]

（二）嬴靈德簋嬴作 [illegible]　（六）京叔盤嬴作 [illegible]

（三）嚚伯盤嬴作 [illegible]　（七）庚嬴卣嬴作 [illegible]

（四）楚嬴匜嬴作 [illegible]

這是我們攷訂𣎆字最好的材料，然而它們所從的𣎆字沒有一個象嘼形，是非常明的。第一形倒是象一腹部有節的昆蟲挺腹、展翅、屈足的樣子。第二、第三、第四、第七等也是這一形象，第一形圓首、首端有觸，角短而彎曲。第三、第四、第五、第七等形同。第二形尾端似有刺針。第五形與小篆形近，第六形首部與小篆形近，此二形可見前人把這些字釋爲嬴或贏之不誤，那麼𣎆當是蜾蠃的象形字了，《說文》蟲部說：

蠃、蜾蠃也。从蟲，𣎆聲。

蜾蠃爲疊韻連語。……蜾蠃、蒲盧、細腰、土蜂，同實異稱」，而嬴贏音與𣎆蠃不同，實因嬴字乃从女从𣎆會意，而贏則从貝嬴省聲之故。〔註35〕字本不从肉。

第五篇

上

145　丌部　7　3

145001　丌　下基也，薦物之丌。象形。凡丌之屬皆从丌。讀若箕同。（居之切）

按：甲文未見。金文作 [illegible] 、[illegible] ，乃晚出字形，本不知作何，然箕字字形演變爲 [illegible]→[illegible]、[illegible]→[illegible]、[illegible]→[illegible]，典字《甲典》作 [illegible]，

〔註35〕參〈說𣎆與蠃〉。

金文作、、；奠字甲文作，金文作、，則可知丌字在偏旁中之演變爲一、--→＝、亓→丌。

145004 畀 相付與之約在閣上也。从丌，由聲。（必至切）

按：《甲典》作、。金文作、。三體石經多士作。《甲典》謂「象矢上有扁平之鏃形」，　龍師嘗見一文，說以爲《周禮．司弓矢》之痺矢象形，說其至確，出處待查。付與爲其假借之義。字本不从丌。

146 左部 2 1

146001 左 手相左助也，从𠂇工，凡左之屬皆从左。（則箇切）

按：甲文未見，金文作、，或从言作。左實即𠂇字，乃𠂇之後起轉注字，高鴻縉曰「象𠂇手形，後通以左字代之，……秦以後而字廢」。甲文中左本作，李孝定謂卜辭中「言『𠂇赤馬』」，言『𠂇中』，即今左右之左，言『弗𠂇』，言『不𠂇』，蓋言不相違戾也」，是𠂇已非僅有左右之意。金文中𠂇多用爲左助之意，並或加工作左，或加言作，或加作，用法皆同。其後左行而𠂇廢矣，經傳中皆寫作左。而則隨左行𠂇廢而變作，郭沫若曰「即差字，讀爲左」，後並分化成意指「貳也」的專字。

146002 差 貳也，左不相值也，从。（初加切）

按：甲文未見，金文作、、。經典、金文中皆用作佐，實即由𠂇轉注而來，下加口當與𠂇下加言同意，亦與加口成同例。（參左字條）

部按：𠂇與左實同字，本部實當併入𠂇部。

151 曰部 7 1

151001 曰 詞也，从口，乙聲，亦象口气出也。凡曰之屬皆从曰（王伐切）

按：甲文作。金文作、。李孝定曰「口上一短橫畫，蓋謂詞之自口出也」。

151002 㫩 告也。从曰，从冊，冊亦聲。（楚革切）

按：甲文作、。金文未見。《段注》謂「以簡告誡曰曹」，羅振玉謂「卜辭此字从口，口之意與曰同」，李孝定曰「以笑盧盛冊以告神也……曹之對象多爲人鬼，非泛指之告，與許訓小異」。是否爲笑盧不知，但非曰，形皆扁長，亦當非口。字本不从曰。

151007　曹　獄之兩去，在廷東。从棘，治事者，从曰。（昨牢切）

按：甲文作。金文作。觀其形，字本不从曰，小篆下部方訛變作曰。

152　乃部　3　3

152001　乃　曳詞之難也，象气之出難。凡乃之屬皆从乃。（奴亥切）

古文乃。

籀文乃。

按：甲文作、。金文作、。

152002　迺　驚聲也。从乃省，西聲。籀文迺不省。或曰迺，往也。讀若仍。（如乘切）

古文迺。

按：甲文作、、。金文作、。　龍師謂西聲不能讀若仍，此从西从，表鳥巢有所託，本義爲因仍。字本不从乃。

152003　逌　气行皃，从乃，鹵聲，讀若攸。（以周切）

按：《甲典》作、、。金文作、。孫詒讓曰「此當爲逌，从即从卣也，後毛公鼎一卣，卣字正如是作」，釋器曰：「卣，中尊也」，字實假鹵爲之，後下加、成卣之專字，爲承物之器，不从乃。

部按：本部屬字皆不从乃。迺、逌二字小篆與乃不似，《說文》屬之乃部令人不解。

155　兮部　4　1

155001　兮　語所稽也。从丂，八象气越亏也。凡兮之屬皆从兮。（胡雞切）

按：甲文作、、。金文作、。李孝定曰「卜辭每言

『在兮』，爲地名，或與昏對舉爲紀時字」。金文辭作兮仲、兮甲、豐兮夷、兮熬、兮公兮吉父等。

155004　乎　語之餘也。从兮，象聲上越揚之形也。（戶吳切）

按：甲文作、、。金文作、。李孝定謂乎字「卜辭多假爲評召字，胡先生之說是也」，王筠謂乎字在金文中「皆作評字用，即呼字，恐古但作乎也」。字不知何解，甲文較兮字僅多一點，但二者字形從不混淆，於甲文、金文中用義亦相遠，判然相別，高田忠周曰「古乎、兮互相借用」，當爲後世之事。

就甲文細觀乎、兮二字字形，其相異處不僅爲點之多少。乎字數十見，其下皆作，於甲文中獨立成字，甹、寧、、等亦从之，其中寧字數十見皆从，無一例外。兮字《甲編》十三見，六見，餘七見皆上下相連，四見作，餘作、、，《甲典》另收、爲兮字。另有从兮之字，一字作、；一字作。綜觀上述，兮作乃簡省形，本當作，與乎明顯相別。字本不从兮。

160　壴部　5　0

160001　壴　陳樂立而上見也。从屮，从豆。凡壴之屬皆从壴。（中句切）

按：甲文作、、。金文作。不从屮豆，由分化。

160005　嘉　美也。从壴，加聲。（古牙切）

按：甲文未見。金文作、、。　龍師謂鼓字金文無作頭者，嘉字當本不从壴，並據詩云：「籩豆靜嘉」以爲其字从豆，以象徵盛食之豐美。檢視壴、喜、彭、、鼓之甲文，所从壴之上部或作，或作，無一作或，而甲文與所从同嘉，師說蓋是。字本不从壴。

163　豆部　6　1

163001　豆　古食肉器也。从口，象形。凡豆之屬皆从豆。（徒候切）

163004　豋　豆屬。从豆，𢍏聲。（居願切）

按：甲文、金文未見。《段注》謂「此本艸經之大豆黃卷也，……廣韻阮韻云『豢，黃豆也』」，又謂「許言『尗，豆也，象豆生之形也』，『荅，小豆也』，『萁，豆莖也』，『藿，尗之少也』，『菽，配鹽幽尗也』，然則尗與古食肉器同名，故豢豌二字入豆部，按豆即尗一語之轉」，是豢字中所从豆非豆之本義，乃假借之用法，《說文》在此處對部首與屬字之从屬關係要求不甚嚴格。

163005　豌　豆飴也。从豆，夗聲。（一丸切）

按：甲文、金文未見。《段注》謂「飴，米糱煎也，糱，芽米也，然則豆飴者，芽豆煎爲飴也」，豌與豢皆爲可食之豆，非器皿之豆，《說文》入豆部，不甚嚴也。

167　虍部　9　3

167001　虍　虎文也。象形。凡虍之屬皆从虍。讀若春秋傳虍有餘。（荒烏切）

按：甲文有。金文未見。王筠《釋例》謂「竊疑虍字不但非古籀文所無，即李斯初定之小篆亦未必有也，許君說文成于漢和帝十二年，距秦始皇元年，凡三百一十七年矣，流傳既久，安能無所增加？虍字不見經典，漢賦亦無用者，蓋本無此字。案：彝器款識，虎字作……惟虔作及，戲作，則直從虍矣，要是偶省之耳，即虍自爲字之後其音爲荒烏切，與虎呼古切雙聲而兼疊韻，亦可證其非兩字……則虎省爲虍，亦謂之從虎省可也。」甲文雖有字，但用爲地名，本義不詳，其後金文未見，許慎當未見甲骨文此字。《說文》此處虍字當即虎之簡省，旅虎匜之虎字作、，字形已極簡省，再進一步，便可簡省爲虎頭，以虎頭表虎，一如以馬頭表馬，以鹿頭声表鹿。《說文》謂虘字「虍聲」無誤，〔註 36〕亦可爲一旁證。本部實可併入虎部。

173　血部　15　3

173001　血　祭所薦牲血也。从皿，一象血形。凡血之屬皆从血。（呼決切）

按：甲文作。金文未見。《漢表》收一古匋字作。

〔註 36〕參《中國文字學》，頁 257。

173014 盇 覆也。从血大。(胡臘切)

按:甲文未見。金文作[金文字形]。林義光曰「即覆蓋之蓋本字」,張日昇曰「說文謂从血,無義可說⋯⋯隸書作盇,从去。䖒忎鼎蓋作[金文字形],隸書亦有所本也」。字从皿,去聲,不从血。盇从去聲,猶曄从華聲。

下

178 皀部 4 0

178001 皀 穀之馨香也。象嘉穀在裹中之形,匕所以扱之。或說皀一粒也。凡皀之屬皆从皀。又讀若香。(皮及切)

按:甲文作[甲文字形]、[甲文字形],金文未見。戴家祥謂「皀之初誼殆即簋之象形字也,商周古文往往變獨體象形為合體,猶磬之古文[古文字形]象形,合體作[古文字形];鼓之古文[古文字形]象形,合體作[古文字形];壺之古文[古文字形],伯姬壺作[古文字形],以此證[古文字形]之作[古文字形],亦古文形義增益之通例也」。是皀在古文字中實即㲃字。

178002 即 即食也。从皀,卪聲。(子力切)

按:甲文作[甲文字形]、[甲文字形],金文作[金文字形]、[金文字形]。羅振玉謂「即象人就食」,字中之[古文字形]象㲃中有飯,非《說文》「讀若香」之皀字。

178003 既 小食也。从皀,旡聲。《論語》曰:「不使勝食既。」(居未切)

按:甲文作[甲文字形]、[甲文字形],金文作[金文字形]、[金文字形]。羅振玉謂「既象人食既,許君訓既為小食,誼與形為不協矣」。字中[古文字形]亦象㲃中有飯,非《說文》「讀若香」之皀字。

178004 冟 飯剛柔不調相箸。从皀,冂聲。讀若適。(施隻切)

按:甲文有[甲文字形]、[甲文字形]或為冟字。金文作[金文字形]、[金文字形]。此字不詳,郭沫若謂「許因釋皀為以匕极米食之形,故於从皀之冟字說為飯剛柔不調相箸,(⋯⋯)然由古文字形以推考其義,乃於盛食之器物上加冂以覆之」,是知字中之[古文字形]乃象㲃中有飯,非《說文》「讀若香」之皀字。

部按:皀與㲃並見於卜辭,金文則皀廢而㲃行,後又造形聲字簋字代之,於是

《說文》不識𣪊字而謂爲「揉屈也」。《說文》𣪊字已不識，至若甲骨文皀，更當爲許君所未見，《說文》之皀字乃自食、即、既等字中析出，並依此等字傅會其義爲「穀之馨香」，牽連匕字以說字形，又因義制音，謂「讀若香」，皆不可信，《說文》皀字實乃虛造。

下

181　亼　6　1

181001　亼　三合也。从入一，象三合之形。凡亼之屬皆从亼。讀若集。（秦入切）

按：甲文、金文未見。經傳諸子亦未見。字乃由屬字析出。

181002　合　亼口也。从亼，从口。（侯閤切）

按：甲文作合。金文作合。　龍師謂「合字从兩口相對作合，取意於應合、應對，孳乳爲答，故金文或即以合爲答字，（如陳侯因資敦「合揚乎德」，即答揚厥德。合答二字聲不同者，蓋原爲複聲母，或應合之合與應對之合〈音答〉爲同形異字。）爾雅亦云『合，對也』。（王引之經義述聞引秦策『一可以合十，十可以合百，百可以合千，千可以合萬』，韓非子初見秦篇合並作對爲證。答對一語之轉，猶納之轉語爲內。）」〔註37〕。字本不从亼。

181003　僉　皆也。从亼，从吅，从从。虞書曰：「僉曰伯夷」。（七廉切）

按：甲文未見。金文僅晚期金文，形作僉。　龍師據〈堯典〉記帝堯帝舜諮詢四岳之事，四岳答辭皆以「僉曰」一語發端，謂僉字蓋取象於「一問眾對」，故上从倒口。〔註38〕字不从亼。

181004　侖　思也。从亼，从冊。（力屯切）

籒文侖。

按：甲文未見。金文作龠。　龍師謂「龠字甲骨文作龠，金文作龠或龠，以『中』或『冊』象管龠形，『吅』表龠管之孔，加之以別於簡冊字。其又从亼者，林義光以爲倒口，表可以吹之之

〔註37〕參《中國文字學》，頁284。

〔註38〕參《中國文字學》，頁285。

意。番生簋龠字作（古文字形），象手掩龠孔之形，可爲林說之助。說文云侖字从品侖，實則侖字義爲有條理，（案說文云：侖，理也。）正藉口吹龠管見意」。〔註 39〕字不从亼。

181005　今　是時也。从亼，从乁，乁，古文及。（居音切）

按：甲文作（古文字形）、（古文字形）。金文作（古文字形）、（古文字形）。　龍師謂「今字甲骨文作（古文字形），金文作（古文字形）、（古文字形）、（古文字形）、（古文字形），象口中含物形，倒之者，爲別於曰字；疑即含之初文，因借爲今時義，而下加口。（案說文以今時爲其字本義，解云从亼乁會意，乁爲古文及字。迂曲不堪。）中山王礜鼎今字作含，念字作悆，後者以見念字本从心含會意，尤可爲此說明徵」。〔註 40〕字不从亼。

181006　舍　市居曰舍。从亼，屮象屋也。囗象築也。（始夜切）

按：甲文未見。金文作（古文字形）、（古文字形）。　龍師謂「舍字金文作（古文字形）或（古文字形），从口（疑本从（古文字形），後誤爲（古文字形），情形同各字。小篆从口，蓋李斯等所改。）余聲。（案金文余字作（古文字形）（古文字形）二形，說文乃反以余字从舍省聲。）」。〔註 41〕字不从亼。

部按：龍師謂「說文中獨立的文字，未必沒有許君採自文字偏旁的。……又如亼字，經傳中亦不曾見用。說文中从此字的，食字令字而外，有合、僉、侖、今、舍、會諸字，又有从侖的龠，以及从食省的倉。分析此等字，似亦不見有義爲三合讀音爲集的痕迹」，〔註 42〕亼字實爲《說文》採自文字偏旁，本無此字。

183　倉部　2　1

183001　倉　穀藏也，倉黃取而藏之，故謂之倉。从食省，囗象倉形。凡倉之屬皆从倉。（七岡切）

（古文字形）　奇字倉。

按：甲文作（古文字形）、（古文字形），金文作（古文字形）。唐蘭謂「（古文字形）則像爿在合中，……，當是從合，爿聲，說文有牄字，從倉，爿聲，引書『鳥獸牄牄』，

〔註 39〕參《中國文字學》，頁 284。

〔註 40〕參《中國文字學》，頁 285。

〔註 41〕參《中國文字學》，頁 285。

〔註 42〕參《中國文字學》，頁 282、284，食字令字參頁 280。

或以爲蹌之俗字，然俗字必有所取義，如蟲魚之名，悉增蟲魚之旁，是牄之从爿又何爲乎？此可見牄是古字。公羊傳定十四年有頓子牄，左傳作牂，則說文以爲爿聲者必有所本，余疑牄即[illegible]字所孳乳，後人罕睹[illegible]字遂改[illegible]爲倉耳」，金文之形已小變。

183002　牄　鳥獸來食聲也。从倉，爿聲。虞書曰：「鳥獸牄牄」。（七羊切）

按：《段注》謂「牄蓋壁中文如此。孔安國以今文字讀之，易爲蹌蹌，鄭云飛鳥走獸蹌蹌然而舞，僞孔說本之，許則徑從牄字，說爲鳥獸來食聲，與鄭異」，牄實即倉字，（見倉字條）當是倉字假借爲鳥獸飛舞狀後形變而成。蹌則當爲後起之轉注字。（詳　龍師〈說文讀記〉）

部按：牄與倉實同字，故可將倉部刪除，視牄爲倉之重文，另立合部以收倉字。

184　入部　6　2

184001　入　內也。象從上俱下也。凡入之屬皆从入。（人汁切）

按：甲文作∧、∧，金文作人、∩。林義光謂「象銳端之形，形銳乃可入物也。」

184005　仝　完也。从入，从工。（疾緣切）

全　篆文仝。从玉，純玉曰全。

[illegible]　古文仝。

按：甲文、金文未見。此字从入極可疑，於義不合，《徐箋》謂「从入未詳，从工疑玉之省」，《句讀》謂「入似于全無涉」。仝字上半之形實與入字形小異，入字早期雖作∧，但晚期多作人，其上銳出，甚或作∩，不復作∧。而《說文》謂从入之字，凡入位於字之上者，如亼、食、倉、矢等字，皆非从入，此又令人深疑《說文》「从入」之說，而《說文》於仝字之說解亦有可疑之處。《說文》體例以小篆爲正文，而此字下以篆文全爲重文，《段注》謂「按：篆當是籀之誤，仝全皆从入，不必先古後篆也。今字皆从籀而以仝爲同字」，段氏謂篆是籀誤純屬臆說，但恰彰顯出《說文》說解的問題。仝全皆从入，字下所列古文上作全，書中荃、跧、詮、佺、恮、絟、銓、輇諸字偏旁作全，今經傳字皆作全不作仝，而篆文全下謂「純玉曰全」，又可引《周禮・考工記》「天子用全」爲證，《說文》正文取仝而不取全，實爲「从入」之說乃附會而成，若和玉等具體物一起說解，更凸顯其說之不當，故以「从工」配之，段氏乃可注以「从工者如巧者之製造，必完好也」，而於「从入」仍不能置一詞以助許說，《古籀補補》收一古璽全字作仝，同上合觀，全字實不當从入，亦不从工。

184006 㒳 二入也。兩从此，闕。(良奬切)

按：甲文、金文未見，經傳未見用。兩字金文作兩、兩、兩，林義光曰：「兩象二物相合」，丁山曰：「疑象權衡形，左右相比，故爲二兩」，兩字雖不確知所象何物，但其字象物形當無誤，不从㒳。㒳字實從兩字析出。〔註43〕

188 冂部 5 2

188001 冂 邑外謂之郊，郊外謂之野，野外謂之林，林外之冂。象遠界也。凡冂之屬皆从冂。(古熒切)

冋 古文冂。从口，象國邑。

坰 冋或从土。

按：甲文未見。金文作冂、冋。

188002 市 買賣所之也。市有垣，从冂，从乁，乁，古文及，象物相及也，之省聲。(時止切)

按：甲文未見。金文作市，不知確解，觀其形，字當不从冂。

188004 央 中央也。从大在冂之內，大，人也，央旁同意。一曰久也。(於良切)

按：甲文作央。金文作央。觀其形，字本不从冂。

部按：市、央諸字皆因字形部分似冂而歸入此部，實不从冂。然冂字金文多作冋，則小篆爲簡省之形。

191 亯部 4 2

191001 亯 獻也。从高省，曰象孰物形。孝經曰：「祭則鬼亯之」。凡亯之屬

〔註43〕參《中國文字學》，頁289。

皆从亯。(許兩切)

按：甲文作[古文字]。金文作[古文字]、[古文字]。吳大澂曰「象宗廟之形」，金文多「用亯」一辭。

191004 𩫖 用也。从亯，从自，自，知臭香所食也。讀若庸。(余封切)

按：當即墉字，甲文作[古文字]、[古文字]，金文作[古文字]、[古文字]。王國維曰「[古文字]，古文墉字，此字殷虛卜辭作[古文字]，此鼎作[古文字]，齊國差甔作[古文字]，召伯虎敦作[古文字]，拍尊蓋作[古文字]，小篆之[古文字]字、[古文字]字皆由此變。說文……又分[古文字]、𩫖爲二字，其實本是一字，[古文字]爲[古文字]之譌變，猶[古文字]爲[古文字]之譌變，其迹甚明」。字本不从亯。

193 畐部 2 3

193001 畐 滿也。从高省，象高厚之形。凡畐之屬皆从畐。讀若伏。(芳逼切)

按：甲文作[古文字]、[古文字]。金文作[古文字]、[古文字]。

193002 良 善也。从畐省，亡聲。(呂張切)

[古文字] 古文良。

[古文字] 亦古文良。

[古文字] 亦古文良。

按：《甲集》作[古文字]、[古文字]。金文作[古文字]、[古文字]。觀其形，本不从畐。

部按：良與畐字形差異甚大，即小篆亦然，《說文》屬之畐部令人不解。

198 夊 15 1

198001 夊 行遲曳夊夊。象人兩脛有所躧也。凡夊之屬皆从夊。(楚危切)

按：甲文、金文未見。本無此字。(參 203夂部部按)

198003 复 行故道也。从夊，畐省聲。(房六切)

按：甲文作[古文字]、[古文字]。金文作[古文字]。字雖無確解，然其字从止，不過無定向而已，非《說文》之夊字或夂字。

198011 夏 中國之人也。从夊，从頁，从臼，兩手夊兩足也。(胡雅切)

[古文字] 古文夏。

按：甲文未見。金文作[古文字]、[古文字]、[古文字]。 龍師謂金文有[古文字]與[古文字]，爲春夏專字，前者从[古文字]，爲人足形「[古文字]」之變，後者从[古文字]，猶未盡譌。楚繒書作[古文字]，汗簡作[古文字]，鄂君啓節作[古文字]，〔註44〕小篆所从之夊即由足形變來。字本不从夊。

199　舛部　3　2

199001　舛　對臥也。从夊午相背。凡舛之屬皆从舛。（昌兗切）

[古文字]　楊雄說舛从足春。

按：甲文、金文未見。經傳未見用。《漢書・賈誼傳》有「此臣所謂舛也」，《漢書・楚元王傳》有「朝臣舛午膠戾乖刺」。《風俗通・十反篇》云「比其舛曰十反」。

199002　舞　樂也。用足相背，从舛，無聲。（文撫切）

[古文字]　古文舞。从羽亡。

按：甲文作[古文字]。金文作[古文字]、[古文字]。王襄曰：「[古文字]，古舞字，象人執牛尾而舞之形」。　龍師曾將金文無字，依象形意味之濃淡，理出其先後形象，然後「根據金文的第一形（[古文字]），將呂氏春秋古樂篇所記葛天氏之舞，及周禮樂師之旄舞相結合，即可確定[古文字]原象人持牛尾以舞形，爲舞字的初文。」，又謂「無本是舞字，因借爲有無字而加舛」。〔註45〕無借作有無之無，其下漸變爲从亡，如[古文字]（鄦伯彪戈），舞則變作[古文字]、[古文字]以與無別嫌，舛示雙足，非舛字，字本不从舛。

199003　舝　車軸耑鍵也。兩穿相背，从舛，[古文字]省聲，[古文字]，古文偰字。（胡戛切）

按：甲文、金文未見。以小篆視之，夊與午上下分置，與韋字同（韋字甲文作[古文字]、[古文字]、[古文字]，金文作[古文字]、[古文字]），韋不从舛，舝亦不當从舛。

203　夊部　6　0

203001　夊　從後至也。象人兩脛後有致之者。凡夊之屬皆从夊。讀若黹。（陟侈切）

〔註44〕參《中國文字學》，頁249、250。

〔註45〕參《中國文字學》，頁178、157。

按：甲文、金文未見。經傳不見用。

203004　夅　服也。从夊中，相承不敢竝也。（下江切）

按：甲文、金文未見。經傳不見用。《段注》謂「凡降服字當作此，降行而夅廢矣」。降與夅音義並同，其甲文作，金文作，無有不从阜者，古籍中降服字與下降字皆作此，夅則不見於古器物、古經籍中，可知本無夅字，在偏旁中者當爲降省，《說文》強析爲一字。以降省來看，夅所从之當僅示止形，非《說文》所謂「從後至也」。

部按：龍師謂「說文以分別爲字，也多有可疑。前三者分別與甲骨文金文相當，後者相當於二形。於甲骨文金文，則除字見用於甲骨文外，（辭云『辛卯及』，與說文跨步之義合否未知。）其餘僅見於偏旁，曾否分化成字，皆無可考。在已見的文字偏旁中，則正反順逆等止形，包括或在內，都只能以止字看待。如其分別用說文的音義解釋，即不免拮据爲病」，〔註46〕夅字可爲一佐證，而夂、夊二部當併入止部。

205　桀部　3　1

205001　桀　磔也。从舛在木上也。凡桀之屬皆从桀。（渠列切）

按：甲文、金文未見。

205003　乘　覆也。从入桀，桀，黠也。軍法曰乘。（食陵切）

古文乘。从几。

按：甲文作。金文作、。王國維曰「按：此字象人乘木之形。虢季子白盤『王錫乘馬』之乘作，正與此同」。字本不从桀。

第六篇

上

207　東部　2　0

207001　東　動也。从木，官溥說从日在木中。凡東之屬皆从東。（力尋切）

〔註46〕參《中國文字學》，頁286。

按：甲文作、，金文作、。　龍師謂「甲骨文金文東字，絕象一囊形，但不必即爲囊字，亦可以藉囊形見意。我頗疑心東便是重字，借用爲東方義，後其字爲借義所專，而加人旁作。爵文之、、，鼎文之，癸觚之，正顯示爲人負「」之形，後更以重疊方式表人與「」之間的關係而爲，（見井侯毀。……）終而至於加土成爲小篆的字。說文字云从重省，克鼎作，本从東，蓋即東本爲重字之證。」〔註 47〕

207002　棘　二東。曹從此。闕。

按：甲文有，早期金文作，經傳未見用，　龍師疑是《詩經．小雅．谷風》中「大東」之約定寫法，與「小東」作東別。曹字从棘，棘字即東字，與質、㬱、棼等字相同，爲構形之美而二重之。但許氏當未見此等甲文金文，《說文》棘字乃自曹中析出，《說文》謂「曹，獄兩曹也。从棘在廷東也，从曰，治事者也」，是以曹字从棘以表兩意與在東之意，正與棘下謂「二東」相合。《說文》曹字之說，實出附會。曹字甲文作，其下亦不從曰，亦可見《說文》此說之附會。另就《說文》棘之注文模式，與秝、屾、豩等字同，亦可證字乃析造。〔註 48〕

208　林部　9　1

208001　林　平土有叢木曰林。从二木。凡林之屬皆从林。（力尋切）

按：甲文作。金文作。

208002　無　豐也。从林，或說規模字，从大卌，數之積也。林者，木之多也，無與庶同意。商書曰：「庶草繁無」。（文甫切）

按：甲文作，金文作、，本象人手持牛尾舞蹈形（參舞字），假借作有無之無。字不从林。

208009　森　木多皃。从林，从木。讀若曾參之參。（所今切）

按：甲文作、。金文未見。字當以三木示木多皃，不必从林。

〔註 47〕參《中國文字學》，頁 272、273。

〔註 48〕參《中國文字學》，頁 289。

下

210　叒部　2　1

210001　叒　日初出東方湯谷所登榑桑，叒木也。象形。凡叒之屬皆从叒。（而灼切）

按：甲文、金文未見。經傳未見用。《釋例》謂：「叒字不足象形。」本自桑字析出，桑原讀 sŋ-複母，桑與叒，猶顙與額。詳　龍師〈說文讀記〉桑字條下。

214　𣎵部　6　1

214001　𣎵　艸木盛，𣎵𣎵然。象形，八聲。凡𣎵之屬皆从𣎵。讀若輩。（普活切）

按：甲文、金文未見。

214004　索　艸有莖葉可作繩索。从𣎵糸，杜林說𣎵亦朱木字。（蘇各切）

按：甲文作[illegible]、[illegible]。楚帛書作[illegible]。于省吾曰「索本象繩索形，其上端或上下端岐出者象束端之餘……其言『索于大甲于亦于口』者，亦與口即亦門祊門之省語，言用索神之祭於大甲在亦門及祊門也」，李孝定謂索字「似以解爲象兩手糾合繩索之形尤爲切適也」。其後因繩索多用麻做，故小篆變从朩，不从𣎵。

214006　南　艸木至南方有枝任也。从𣎵，羊聲。（那含切）

[illegible]　古文。

按：甲文作[illegible]、[illegible]，金文作[illegible]、[illegible]，觀其形，不从𣎵。

219　華部　2　0

219001　華　榮也。从艸，从𠌶。凡華之屬皆从華。（戶瓜切）

按：甲文、金文未見。《段注》𠌶下謂「此與下文華音義皆同」，華當即𠌶字。𠌶字金文作[illegible]、[illegible]，高田忠周曰「鐘鼎古文有𠌶無荂華也，又如經傳有華無𠌶，……今合爲一，故刪華部。《說文》蹲䜈二字，其古文固作[illegible]䜈，詩『皇皇者華』，禮記月令『鞠有黃華』，皆𠌶字本義」。

部按：華即𠌶字，《徐箋》謂「𠌶華亦一字，而說文別之者，以所屬之字相從各異也」，實無必要，本部可併入㝵部。

224　束部　4　0

224001　束　縛也。从囗木。凡束之屬皆从束。（書玉切）

按：甲文作。金文作、。李孝定曰「象囊橐括其兩端之形」。

224004　剌　戾也。从束，从刀，刀者剌之也。（盧達切）

按：甲文作、。金文作、。觀其形，字本不从束。

225　㯻部　5　0

225001　㯻　橐也。从束，圂聲。凡㯻之屬皆从㯻。（胡本切）

按：甲文、金文未見。

225005　㯱　囊張大皃。从㯻省，缶聲。（符宵切）

按：甲文未見。金文作、。石鼓文作。林義光謂㯱字「古作（毛公鼎），作（散氏器），从束，缶聲」。石鼓文㯱字較金文多一形，乃訛變而出，小篆字形當本石鼓文。字不从㯻省。

部按：本部屬字有橐、囊、櫜、㯱，《說文》皆謂从㯻省，林義光曰「囊橐字說文皆云从㯻省，以㯻例之，疑皆从束」，即橐囊之形。《說文》據小篆說字，以㯱字來看，其小篆既訛生一，便不能以从束缶聲說之，否則，缶外之囗無法解釋，恰巧㯻字从束圂聲，本或作，因圂之囗與束之囗重複而減省爲一，〔註 49〕小篆亦訛變作，《說文》據小篆說解，故無法以束字說解㯱字，故以从㯻省說之。此部諸字蓋原並从某聲，其後變爲，其餘諸字从的部分亦並變作。且以造字先後考量，㯻字實不必先於㯱，亦不必先於橐、囊、櫜諸字，就字義而言，橐、囊、櫜、㯱从束亦比从㯻來得直接。《說文》以从㯻省說諸字，實爲遷就小篆，橐、囊、櫜之情形當如㯱字，皆不从㯻省。

226　囗部　26　4

226001　囗　回也。象回帀之形。凡囗之屬皆从囗。（羽非切）

按：甲文、金文未見。

〔註 49〕此可參考《中國文字學》第三章第七節論省形之部分，大意謂在要求簡化且有助於方正美觀的情形下，造字之始即可產生省體，不必皆由繁體變而爲省體。

226007　回　轉也。从口，中象回轉形。（戶恢切）

㘥　古文。

按：甲文未見。金文作[illegible]。其字本當作[illegible]，不从口。

229　邑　184　6

229001　邑　國也。从口，先王之制尊卑有大小，从卪。凡卪之屬皆从邑。（於汲切）

按：甲文作[illegible]、[illegible]。金文作[illegible]、[illegible]。羅振玉謂「[illegible]象人跽形，邑爲人所居故从口从人」。

229182　邑　从反邑。㲻字从此。闕。

按：甲文、金文未見。經傳未見用。甲、金文有[illegible]，皆爲邑，非邑。《釋例》謂「邑下竝無說解，而遽云從反邑，是此字無義也。又云闕，是此字無音也。既無音義，何以爲字？第爲㲻從此一句設耳」，　龍師謂邑實由㲻分析而來。〔註 50〕

230　㲻部　3　1

230001　㲻　鄰道也。从邑，从邑。凡㲻之屬皆从㲻。闕。（胡絳切）

按：甲文、金文未見，經傳未見用。《甲編》收[illegible]爲㲻，當非。邑字甲文作[illegible]，金文作[illegible]，與[illegible]之偏旁不同。　龍師謂此字實由[illegible]字分析而來。〔註 51〕

230002　鄉　國離邑，民所封鄉也，嗇夫別治，封圻之內六鄉，六鄉治之。从㲻，皀聲。（許良切）

按：甲文作[illegible]、[illegible]，金文作[illegible]、[illegible]，羅振玉謂「象饗食時賓主相嚮之狀，即饗字也。古公卿之卿，鄉黨之鄉，饗食之饗皆爲一字」，字本不从㲻。

230003　巷　里中道也。从㲻共，言在邑中所共。（胡絳切）

[illegible]　篆文。从㲻省。

按：甲文、金文未見。《釋例》謂巷字云「然則兩邑仍是一邑，

〔註 50〕參《中國文字學》，頁 289。

〔註 51〕參《中國文字學》，頁 289。

取其中央闕然爲道耳，若是兩邑則吾鄉村落最密相距亦必二三里，不能有此二三里之闊巷也。且邑安有反正？然可以云反者，會其意也。東西巷則居南者北戶，居北者南戶，南北巷亦然。是相反也，何取於別作㗊字？」，是巷字所从䣈僅表人聚居之間隔意，非《說文》「从邑，从㗊」之䣈字。

第七篇

上

240　囧部　2　2

240001　囧　窗牖麗廔闓明。象形。凡囧之屬皆从囧。讀若獷。賈侍中說讀與明同。（俱永切）

按：甲文作、。金文作。戴君仁先生謂囧字「兩讀即表示兩語。部中𥂝字从囧，篆文作盟，从朙，可證囧即明字。而讀若獷，即演爲後世俱永切之音，其義雖亦爲光明，而與明已非一語，亦應謂之同形異字也」。〔註52〕

240002　𥂝　周禮曰：「國有疑則盟，諸侯再相與會，十二歲一盟，北面詔天之司慎司命，盟，殺牲歃血，朱盤玉敦，以立牛耳」。从囧，从血。（武兵切）

　篆文。从朙。

　古文。从明。

按：甲文作、，金文作、，　龍師謂字本从皿，囧（即明字）聲。盟字甲金文本皆从皿，因盟必「殺牲歃血」，致字形變皿从血如（魯侯爵）、（邾公華鐘），小篆因之。

244　𢎘部　5　1

244001　𢎘　嘾也，艸木之華未發圅然。象形。凡𢎘之屬皆从𢎘。讀若含。（乎感切）

按：甲文、金文未見。

〔註52〕參〈同形異字〉一文。

244002　　函　舌也。象形，舌體马马，从马，马亦聲。（胡男切）

俗函。从肉今。

按：甲文作、。金文作。王國維曰「象倒矢在函中（字見於此器及毛公鼎、周娟敦、周娟匜者，其中爲倒矢形。殷虛卜辭中地名有字，作立矢形，亦即此字也），小篆函字由此譌變」，字本不从马。

244004　　甬　艸木華甬甬然也。从马，用聲。（余隴切十部）

按：甲文未見。金文作、。林義光謂甬字「古作（頌鼎），作（頌壺並通字偏旁），不从马」，字本不从马。

246　鹵部　3　3

246001　　鹵　艸木實垂鹵鹵然。象形。凡鹵之屬皆从鹵。讀若調。（徒遼切）

籀文。三鹵爲鹵。

按：甲文作、、、、，金文作、，　龍師謂本象艸木實垂狀（栗字甲文可證）以取意，或省作。假借爲卣，（鹵與卣古音可通，如條从攸聲）後加、成酒器專字以與鹵別，金文卣又省作，與鹵同，小篆鹵、卣又分別作、以別嫌。

246002　　栗　木也。从木，其實下垂故从鹵。（力質切）

古文栗。从西，从二鹵。徐巡說：「木至西方戰栗」。

按：甲文作、，另《漢表》栗字下收（牆盤）、（石鼓）、（古鉥）、（三體石經）等。字象結實下垂之木，即栗樹。鹵字雖取象於字中果實下垂狀，但栗指物，鹵指狀，栗不得謂爲从鹵。

下

262　林部　3　0

262001　　林　葩之總名也，林之爲言微也，微纖爲功。象形。凡林之屬皆从林。（匹卦切）

按：甲文、金文未見。經傳中皆用作麻。《段注》謂「春秋說題辭曰『麻之爲言微也』，𣏟麻古蓋同字」，王筠《釋例》據此以疑段氏麻字下「反刪與𣏟同句，何也？」，《句讀》並據小徐本說麻字爲「枲也，與𣏟同」，下謂「儿部曰『仁人也，古文奇字人也』，與此文法同」。𣏟當即麻字。

部按：𣏟即麻，但不知二形體是同時並生或有先後，今據金文中有麻而無𣏟，故暫將𣏟部併入麻部。

269　宀部　71　16

269001　宀　交覆深屋也。象形。凡宀之屬皆从宀。（武延切）

按：甲文作[glyph]、[glyph]。金文未見，偏旁中作[glyph]。

269044　宜　所安也。从宀之下一之上，多省聲。（魚羈切）

[glyph]　古文宜。

[glyph]　亦古文宜。

按：甲文作[glyph]。金文作[glyph]、[glyph]。容庚曰「象置肉于且上之形，疑與俎爲一字，儀禮鄉飲酒禮『賓辭以俎』注『俎者，肴之貴者』，詩『女曰雞鳴，與子宜之』傳『宜，肴也』，又雅釋言李注『宜，飲酒之肴也』，俎宜同訓肴可證。又廣雅釋器『俎，几也』，一切經音義引字書『俎，肉几也』，置肉于几有安之義，故引申而爲訓安之宜。古璽『宜民和眾』作[glyph]，漢封泥『宜春左園』作[glyph]，尙存俎形之意」。宜與俎聲絕不同，本非一字，但同形，（猶月與夕）後分化爲二，俎字移肉形於且側；宜字由[glyph]變作[glyph]（宜戈），其[glyph]與[glyph]同化，《說文》宜字古文第二形似此。後[glyph]又省作[glyph]而變爲[glyph]（宜陽右倉簋），爲小篆所本。字本不从宀。

269061　害　傷也。从宀，从口，宀口言从家起也，丰聲。（胡蓋切）

按：甲文未見。金文作[glyph]、[glyph]、[glyph]、[glyph]，　龍師以爲食器形，其言曰「今據其字形，及害盇音近、蓋盇通用、蓋從盇聲等情形，試作如下之推測：害本義爲有蓋食器，與盇爲一語之轉。其字原作[glyph]，見史牆盤，象形。其先蓋編篾爲之，以粗者三數枝對彎構合爲經，而編以細篾，至末端留出稍許，爲覆合時交錯午貫之用。及後發展至以青銅鑄造，形制雖然大異，但名稱沿用不改。其字於中加〝●〞或〝○〞，始意不明；或表器中所盛食物形，略同於血字。說文云：『五，從二，陰陽在天之間交午也。』因蓋器本上下午貫以合，大抵即其字又或於中加五字的道理。至於象形的害字何以需加五字爲意符，因此形不見用爲傷害義，或即爲別於其借用爲傷害義而增設」。〔註53〕字本不从宀。

276　冃部　4　0

276001　冃　重覆也。从冂一。凡冃之屬皆从冃。讀若艸苺苺。（莫保切）

按：甲文、金文未見。

276002　同　合會也。从冃，从口。（徒紅切）

按：甲文作[illegible]、[illegible]，金文作[illegible]、[illegible]，觀其形，字本不从冃。

277　冃部　5　3

277001　冃　小兒蠻夷頭衣也。从冂，二，其飾也。凡冃之屬皆从冃。（古報切）

按：《甲集》作[illegible]（于省吾說），未審對錯。金文未見。

277003　冑　兜鍪也。从冃，由聲。（直入切）

[illegible]　司馬法冑从革。

按：甲文未見。金文作[illegible]、[illegible]、[illegible]。盂鼎文作「貝冑一」，孫詒讓曰「[illegible]字即冑字……毛詩魯頌閟宮云貝冑朱綅」。丁佛言曰「[illegible]象鍪，如覆釜中銳上出，[illegible]象蒙首形，今所謂兜鍪也」。冑字一作[illegible]，後上變若小篆由；下變若小篆冃，字本不从冃。

281　巾部　62　8

281001　巾　佩巾也。从冂，丨象糸也。凡巾之屬皆从巾。（居銀切）

按：甲文作[illegible]。金文作[illegible]。

281047　帚　糞也。从又持巾埽冂內。古者少康初作箕帚秫酒。少康，杜康也，葬長垣。（支手切）

按：甲文作[illegible]、[illegible]。金文作[illegible]。羅振玉曰「卜辭帚字从[illegible]象帚形，[illegible]其柄末所以卓立者，與金文戈字之[illegible]同意，其从[illegible]者象

〔註53〕參〈說簠匿[illegible]匽及其相關問題〉。

置帚之架，埽畢而置帚於架上倒卓之也。許君所謂从又乃之譌，从巾乃之譌，謂為門內乃架形之譌」。从之意不詳，羅說迂曲，然字本不从巾無可疑。

第八篇

上

288　匕部　4　1

288001　匕　變也。从到人。凡匕之屬皆从匕。（呼跨切）

按：甲文、金文未見。由（《甲集》收作化字）之偏旁來看，匕當作。

288002　䞣　定也。从匕，矣聲，矣，古文矢字。（語期切）

按：甲文作、，金文作、（見疑字下），孫海波謂「象人舉首凝思之形。說文云从者，卜辭皆作，或省作，、、、等字皆如之」。小篆从匕當經訛變，字本不从匕。

292　北部　2　0

292001　北　乖也。从二人相背。凡北之屬皆从北。（博墨切）

按：甲文作、。金文作、。

292002　冀　北方州也。从北，異聲。（几利切）

按：甲文未見。金文作、。據丘字由變作，疑冀字从丘，非从北。

下

311　儿部　6　0

311001　儿　仁人也。古文奇字人也。象形，孔子曰：「在人下，故詰屈」。凡儿之屬皆从儿。（如鄰切）

按：甲文、金文未見。

部按：龍師謂「王筠曾疑說文、二字『許君蓋採自古器偏旁』。儘管說文明言二字前者為奇字人，後者為籀文大，一出壁中書，一出史籀篇，與古器並無關係；王氏疑許君採自文字偏旁，則可謂能見人之不能見。古文字作兄，許君說以爲从人，金文𣏟字或作𣏟，蓋並可爲王說作證。兩者雖只是偏旁中字形的譌變，並非為表現『所會之意』的蓄意改作，卻可從此得一啟示：說文中獨立的文字，未必沒有許君採自文字偏旁的」。〔註 54〕　龍師之言誠是，部中兒、允、兌三字本作兒、允、兌，皆从人，不从儿。《說文》引孔子曰：「在人下，故詰屈」爲證，　龍師謂此「殊不足信。因其一，出處不詳，在可信的古籍如論語及孔子以後的經傳中，都無類似話語。其二，『儿在下，故詰詘』一語，只適合於小篆的文字偏旁。兩周金文从人的字未見此形，壁中書偏旁亦未必有此人字。兕字古文作兕，許君說爲从人，疑即奇字人字的張本。但兕字本屬象形，从人爲形變，與小篆虎字从人情形相同……」，〔註55〕小篆所从之儿當是訛變而成，儿字乃由偏旁中析出，本不爲字，本部當併入人部。

318　見部　45　3

318001　見　視也。从目儿。凡見之屬皆从見。（古甸切）

按：甲文作見、見。金文作見、見。

318012　㝵　取也。从見，从寸，寸，度之，亦手也。（多則切）

按：甲文作㝵、㝵。金文作得、㝵。孫詒讓曰「㝵，㝵字，說文見部『㝵，取也。从見寸，寸，度之，亦手也』，又彳部得古文作㝵，省彳，二字同。此文似从貝又，金文虢叔鐘作㝵，从貝从手，此與彼略同」，小篆从見乃从貝之譌，字本不从見。

319　覞部　3　0

319001　覞　竝視也。从二見。凡覞之屬皆从覞。（弋笑切）

按：甲文、金文未見。

319002　覵　很視也。从覞，肩聲。齊景公之勇臣有成覵者。（苦閑切）

按：成覵，《段注》謂《孟子・滕文公》作成覸。　龍師謂覵或由覸形誤而成，字本不从覞。

〔註54〕參《中國文字學》，頁 281、282。

〔註55〕參《中國文字學》，頁 389。

第九篇

上

325　百部　2　0

325001　百　頭也。象形。凡百之屬皆从百。（書九切）

按：《說文》謂「首，百同，古文百也。巛象髮，謂之鬊，鬊即巛也」，是百首同字。金文中首字作，極多見，或作（䢅伯簋）、、（䨼簋），當即百之由來。

部按：《段注》首字下謂「不見首於百篆之次者，以有从首之篆，不得不出之爲部首也，今字則古文行而小篆廢矣」。百首既爲同字，則毋需分爲二部，以金文多作來看，當以首爲正體，而百部則併入首部。

332　彣部　2　0

332001　彣　䎀也。从彡文。凡彣之屬皆从彣。（無分切）

按：甲文、金文未見。經傳皆以文爲之，彣當後起。

332002　彥　美士有彣，人所言也。从彣，厂聲。（魚變切）

按：甲文、金文未見。《說文》說此字結構奇特，將分別位於厂之上下的文與彡視爲一個義符，與《說文》說異、侖、㷀等字同例，未足採信也。金文有（或謂爲顏）、、、，參較諸形，似爲一字素，〔註56〕而產从彥省聲，《漢表》作、、，或即彥，从文，厂聲，本不从彡，其後因字形下方空虛而加彡，猶文采之采加彡作彩，兼具美觀與表意作用。

部按：彣即文之後起字，且部中唯一屬字實从文，故本部當併入文部。

338　卪部　13　0

338001　卪　瑞信也。守邦國者用玉卪；守都鄙者用角卪；使山邦者用虎卪；土邦者用人卪；澤邦者用龍卪；門關者用符卪；貨賂用璽卪；道路用旌卪。象相合之形。凡卪之屬皆从卪。（子結切）

〔註56〕字素指組成合體字所有各部位的獨立單元而言，或又可稱字位，參《中國文字學》，頁242。

按：甲文、金文未見。甲文有□、□，形近小篆，卜辭用義不明。羅振玉曰「□亦人字，象跽形，命令等字从之」，《甲典》謂□、□為祭祀時之行禮活動，並舉『□□□□』、『□□□□□』為例。《說文》以瑞信說卩，然經傳皆用節，不用卩，此說當為附會，徐箋謂卯字「許以卩卪為符節之合形，凡官守以符節為信，故曰事之制也」，實則卯義由卿來，而卩義又由卯來，故以符節之義說卩。

338002　令　發號也。从亼卩。（力正切）

按：甲文作□、□。金文作□、□、□。羅振玉曰「□字象人跽形」，林義光曰「象口發號，人跽伏以聽也」。

338012　𠨊　二卩也。巽从此。闕。（士戀切）

按：甲文、金文未見。經傳不見用。《甲編》有□、□，收為𠨊字，實與《說文》𠨊字同形而異字。《說文》中□與□為二字，𠨊从二卩而不能从二卪，此字當分析巽字而來（參部按）。

338013　卪　卩也。闕。（則候切）

按：甲文、金文未見。經傳不見用。此字當分析偏旁而來（參部按）。

部按：龍師謂「說文注『闕』的字，其注文往往有同一模式的現象，依類推測，常可與許君所說若合符節；更足以說明此等字原非實有，只是漢儒由分析文字偏旁而來。其例如……卩部云：『□，瑞信也。』『□，卩也。闕。』下出□部云：『□，事之制也，从□□，闕。』前二者亦同□□二字。□下雖無从反□之語，既繫之□部，可以不言而喻；『卩也』之訓，則猶云『亦瑞信也』……□、□二字更由□、□二字分析，一層層附會而來」，〔註57〕又謂「□下云『二□也，巽从此，闕。』……又別同一例；云『某从此』，實則猶云由彼字分析而來」。〔註58〕

341　卯部　2　0

〔註57〕參《中國文字學》，頁288、289。

〔註58〕參《中國文字學》，頁289。

341001　卯　事之制也。从卩卩。凡卯之屬皆从卯。闕。(去京切)

按：甲文、金文未見。《甲編》收□爲卯，謂「卜辭卯邑同字」。《甲集》收□爲卯，羅振玉曰「卜辭□字从二人相向，鄉字从此亦从□，知□即□矣。此爲嚮背之嚮字，□象二人相嚮，猶北象二相背，許君謂事之制者非也」。羅說□从二人相向當是，但金文未見，若以《說文》卯字直承甲文則令人疑。《說文》卿字从此，以卿字視之，此字非《說文》卯字（參卿字）。　龍師由《說文》注「闕」之字其注文往往有同一模式而推測「□由□字分析」，〔註59〕誠是。此字甲文金文未見，經傳不見用，而音闕，《說文》僅存其義謂「事之制也」，然此義當爲附會而來。《尚書·洪範》「謀及卿士」，鄭注「卿士，六卿掌事者」；《左傳》隱公三年「爲平王卿士」，賈逵曰「卿士之有事者，六卿也」，卯字「制事」之義實依卿字附會，本無其字。

341002　卿　章也。六卿：天官冢宰；地官司徒；春官宗伯；夏官司馬；秋官司寇；冬官司空。从卯，皀聲。(去京切)

按：甲文作□、□。金文作□、□。羅振玉曰「此字从□从□，或从□从□，皆象饗食時賓主相嚮之狀，即饗字也。古公卿之卿、鄉黨之鄉、饗食之饗皆爲一字」。甲文所从之□象二人相向之形，非《說文》卯字，且卿字甲文从□从□皆同，而《說文》卯與邑則爲二字。卿字不从卯。

部按：本部僅卿一屬字，此亦可爲卯字由卿字析出之佐證。

343　勹部　15　3

343001　勹　裹也。象人曲形有所包裹。凡勹之屬皆从勹。(布交切)

按：甲文、金文未見。匍、匔二字金文作□、□，由偏旁來看，勹本當作□。《段注》謂「今字包行而勹廢矣」，《說文通訓定聲》謂「經傳皆以包爲之」，是以勹包爲一字。然《釋例》謂「蓋以□字曲之而爲□字，形則空中以象包裹。首列鞠匍匐皆曲身

〔註59〕參《中國文字學》，頁288、289。

字，無包裹意，故知是借人形以指也」，□不必由□而來，在字中僅爲曲人身以會意，非一獨立字，故古器物與古籍皆不見用。

343006　匀　少也。从勹二。（羊倫切）

按：甲文作□。金文作□、□。朱芳圃曰「匀與勹（旬）實爲一字，說文言部訇籀文作□；勹部旬古文作𠣬，一从勹作，一从匀作，此形同之證也。廣韻十八諄『匀，徧也』，義與旬同，此義合之證也。易豐初九雖旬无咎，釋文『旬，荀作均』；禮記內則『旬而見』，鄭注旬當爲均，此音通之證也」，李孝定曰「王襄氏又引匀彝匀作□，則此作□者殆匀之初文，後始增『＝』作□耳，匀旬音近」。鈞字金文作□、□，从□，王孫鐘旬字作□，从匀从日，旬古文結構與此同均可證匀與旬本同用一字。匀字本不从勹。

343008　旬　徧也。十日爲旬。从勹日。（詳遵切）

𠣬　古文。

按：甲文作□、□。金文作□、□。王國維曰「使夷敦云『金十□』；庚敖敦蓋云『金十□』。考說文鈞之古文作□，是□、□即鋆字矣。卜辭又『□㞢二日』語，亦可證□、□即旬矣」。王襄曰「勹即旬之最初字，後人始加日耳」。字本不从勹。

343012　匌　帀也。从勹合，合亦聲。（侯閤切）

按：甲文未見。金文作□、□，觀其形，字當从□，不从勹。

343013　匓　飽也。从勹，𣪘聲。民祭，祝曰厭匓。（己又切）

按：甲文未見。金文作□、□，觀其形，字本不从勹。

343015　冢　高墳也。从勹，豖聲。（知隴切）

按：甲文未見。金文作□、□。于省吾曰「□字原作□，即說文冢字，與家字迥異。□、□經傳通作冢，毛伯班𣪘邦『冢君』之冢作□；曶壺『更乃且考，作冢𤔲土，于成周八𠂤』，冢作□；𤔲馬之有冢𤔲馬，猶𤔲土之有冢𤔲土矣」。觀其形，本不从勹。

部按：本部屬字十四字，除上列五字明非从勹外，餘鞠、匍、匐、匊、勼、勽、匈、匔、𠣞等九字所从或爲人曲身形，非《說文》勹字，亦非包省，王筠上舉匑匍匐等字無包裹意實爲明證，另如匔字所从勹亦無包裹意，甚或不必具曲身意，而只以一側身人形會意而已。且上列諸字亦不必晚於包字出現，若匐、匑等形聲字或出現較晚，但如匀字从勹人，當爲一早期會意字，所从勹不必爲字，亦不必爲包省。勹實非一獨立之字。

下

351　屾部　2　0

351001　屾　二山也。凡屾之屬皆从屾。闕。（所臻切）

按：甲文、金文未見。　龍師謂當由分析文字偏旁而來，如林、驫、㗊、豩、𣎵、㚘等字皆是。〔註60〕

部按：部中屬字僅嵞字，屾字當由嵞字析出。

353　广部　49　3

353001　广　因厂爲屋也。象對刺高屋之形。凡广之屬皆从广。讀若儼然之儼。（魚儉切）

按：甲文、金文未見。甲文、金文偏旁分別作[illegible]、[illegible]。

353036　庶　屋下眾也。从广炗，炗，古文光字。（商署切）

按：《甲典》作[illegible]。金文作[illegible]、[illegible]。　龍師謂庶字「本作[illegible]或[illegible]，（見金文）从火，石聲。（案金文石字作[illegible]。石與庶古音相爲去入，說文拓或作摭，古書跖蹠二字通用不別，並可爲庶从石聲作證。）小篆變[illegible]爲[illegible]。石字雖然習見，見於文字偏旁，除磊字情形特殊外，無有以其字居字之上端者，而[illegible]、[illegible]二字上端與石字形近，廣字且多用於偏旁，故庶字終而受其影響，變[illegible]爲[illegible]。（偏旁中[illegible]恆變爲[illegible]，參第四節。）說文云庶字『从广炗，炗爲古文光字』，按之金文，光字無作[illegible]或[illegible]者，實強爲說辭」。〔註61〕字本不从广。

359　勿部　2　1

〔註60〕參《中國文字學》，頁289。

〔註61〕《中國文字學》，頁295。

359001　勿　州里所建旗。象其柄有三游，雜帛，幅半異，所以趣民，故遽偁勿勿。凡勿之屬皆从勿。（文弗切）

按：甲文作[illegible]、[illegible]。金文作[illegible]、[illegible]。

359002　昜　開也。从日一勿，一曰飛揚，一曰長也，一曰彊者眾皃。（與章切）

按：甲文作[illegible]、[illegible]。金文作[illegible]、[illegible]、[illegible]。觀其形，既非从《說文》之勿，亦與甲、金文勿字不同，字本不从勿。

362　豕部　22　1

362001　豕　彘也，竭其尾故謂之豕。象毛足而後有尾。讀與豨同。（式視切）

按：甲文作[illegible]、[illegible]。金文未見，偏旁中作[illegible]、[illegible]（見豚字），象豕形。

362022　豩　二豕也。豳从此。闕。（伯貧切又呼關切）

按：甲文、金文未見。經傳不見用。甲文有[illegible]、[illegible]，羅振玉曰「此从三豕，疑即豩字」。然《說文》豩「二豕也」，則[illegible]不得爲《說文》豩字。又卜辭有「叀[illegible]叀龍」，[illegible]不知何意。金文未見此字，《說文》豩是否直承甲文殊可疑。　龍師謂此字即從豳字分析而來，其《說文》注文模式與屾、林等字同，蓋本無此字。〔註62〕

第十篇

上

383　炎部　8　1

383001　炎　火光上也。从重火。凡炎之屬皆从炎。（于廉切）

按：甲文作[illegible]。金文作[illegible]、[illegible]。

383007　燮　大熟也。从又，持辛，辛者物熟味也。（蘇侠切）

按：《甲典》作[illegible]、[illegible]。金文作[illegible]、[illegible]。于省吾曰「羅振玉謂字从又持炬，可備一說。戴侗謂燮、燮、燮實一字，⺷之譌為辛，辛之譌為言是也。……契文言夕燮即夕溼，謂夕有憂患也」，可備一說。觀燮字，甲文所从火數可爲三可爲四，當表火盛遍眾

〔註62〕《中國文字學》，頁289。

多意，不必爲炎字；金文所从二火左右並列，也與金文炎不同；小篆作，近似金文，所从二火仍左右對列，炎部僅此字如是。《說文》燮字下段注謂「炎部有燮字云大孰也，從炎從又持辛，辛者物孰味也。廣韻謂此爲曹憲文字指歸之說，然則炎部蓋本無燮字，俗用文字指歸增之，因羊辛相似，羊音同飪，飪義訓孰，遂依又部之籒文，加炎部之小篆，未爲典要」，是炎部本無此字，字亦不从炎。

383008　粦　兵死及牛馬之血爲粦。粦，鬼火也。从炎舛。（良刃切）

按：甲文作。。金文作。　龍師謂「甲骨文字，凡二見。羅振玉釋炎，甲骨文編及續編並从羅說。甲骨文字集釋亦收爲炎字，而云：『姑从羅說收之於此，辭意不明，無由確證爲炎字。』……。而甲骨文火字作，必不作，其从二火之炎字不得作『』，何待明辨？金文未見獨體火字，偏旁中凡火字作者，均屬晚期；早期與習見者，作、、、、等形。故其炎字二見，作、，與說文从火之說合。（說文古文湛字作，从亦从之譌）以此言之，甲骨文字不得釋爲炎字，尤其洞若觀火。分析此字形狀，當从大，外有四點，應釋爲粦。金文粦字作。石鼓文憐字作，所从與金文合。古人以粦為鬼火，故其字从大，而以四小點示意爲粦火。與的差別，只在足形的有無。加足形蓋以表『熠熠宵行』之意，而非必需，從基因的觀點，作『』已足。金文即舞字，不必作，羍字从或不定，並與即字現象平行。而鄭玄注檀弓『與其鄰重汪踦往』句云：『鄰或爲談。』鄰从粦聲，談从炎聲，進退於粦、炎之間，更無異說明，甲骨文字，既不得釋爲炎，便當是粦字」。〔註63〕字本不从炎。

下

386　焱部　3　0

386001　焱　火華也。从三火。凡焱之屬皆从焱。（以冉切）

〔註63〕參《中國文字學》，頁193、194。

按：甲文有[illegible]，或爲焱。金文未見。

386002　熒　屋下燈燭之光。从焱冂。（戶扃切）

按：甲文未見。　龍師謂「榮字本作[illegible]、[illegible]、[illegible]，象艸榮之形。（方濬益說）後其上同化於火字而下加木作[illegible]，說文遂謂其義爲桐木，从木，熒省聲」，〔註 64〕于省吾曰「說文有从[illegible]之字，而無[illegible]字。从[illegible]之字凡二十三見，或曰瑩省聲，或曰熒省聲，或曰榮省聲，或曰營省聲，均不可據」，方濬益曰「熒即榮之古文。說文榮从木熒省聲，熒，屋下鐙燭之光，从焱冂，諸部中如瑩、營、罃、滎等十餘文多同，蓋以篆文無[illegible]字，故不得不从熒省」。今既知[illegible]爲榮字，榮不从熒省聲，《說文》其餘从瑩省聲、熒省聲、榮省聲、營省聲等字之字說皆當檢討。熒字確不从焱。

392　夭部　4　0

392001　夭　屈也。从大，象形。凡夭之屬皆从夭。（於兆切）

按：甲文有[illegible]，金文有[illegible]，未審是否爲夭字。

392002　喬　高而曲也。从夭，从高省。詩曰：「南有喬木」。（巨嬌切）

按：甲文未見。金文作[illegible]、[illegible]、[illegible]，觀其形，本不从夭。

396　壹部　2　0

396001　壹　專壹也。从壺吉，吉亦聲。凡壹之屬皆从壹。（於悉切）

按：甲文、金文未見。

396002　懿　專久而美也。从壹，从恣省聲。（乙冀切）

按：甲文未見。金文作[illegible]、[illegible]。觀其形，當不从壹。于省吾曰「唐蘭謂內大子白壺壺字作[illegible]，以證懿字本从壺从欠作[illegible]（導論下六二）。按……懿字初文从壺从欠，本爲會意字」，觀《金文編》所收七十壺字，除[illegible]、[illegible]、[illegible]、[illegible]等字形殊異外，多作[illegible]、[illegible]、[illegible]，唐蘭所說內大子伯壺壺字《金文編》作[illegible]，皆象壺形，上有蓋，僅一形作[illegible]（司寇良父壺），無蓋，當爲省簡。同書所收懿字十二形，所从似壺之形多作[illegible]，當爲去蓋之壺，　龍師謂乙冀切之

〔註 64〕參《中國文字學》，頁 293。

懿不得从恣聲，或本爲會意字，其義不詳，假借爲懿，後增心爲義符而成許說「專久而美」之懿字。字本不从壹。

400　夲部　6　2

400001　夲　進趣也。从大十，大十者，猶兼十人也。凡夲之屬皆从夲。讀若滔。（土刀切）。

按：甲文、金文未見。經傳不見用。　龍師疑夲即分析皋、㲋、奏而來，其義爲配合屬字而說爲「進趣也」，其音則依其義附會而來，《段注訂補》謂「大雅江漢篇『武夫滔滔』謂武夫疾趣而進，猶此云滔赶矣，詩人因上言江漢浮浮，因即借滔爲夲，與管子同，許氏讀夲若滔亦同此意，聲兼義也。毛傳『滔滔，廣大貌』，即夲從大十，兼十人之義，鄭箋『使循流而下滔滔然』，即夲進趣之義」，正提供了《說文》附會讀音的線索與證據。

400002　皋　疾也。从夲，卉聲。拜从此。（呼骨切）

按：許云拜从此，金文拜作，若，則甲文、，金文、即此字。　龍師謂「爲茇的初文，即是拔字，象手連根拔草之形。詩經拜字正用其本義」，〔註 65〕意思是草根，〔註 66〕字本不从夲。

400004　㲋　進也。从夲，从中，允聲。易曰：「㲋升大吉」。（余準切）

按：甲文未見。金文作、，用爲玁狁之狁，字从，不从夲。

400005　奏　奏進也。从夲，从屮，屮，上進之義。（則候切）

古文。

亦古文。

按：《甲集》作、。金文未見。　龍師謂「我以爲奏字的結構即取義於烝嘗，从兩手持根食，以見凡進獻之意。其必从不從禾者，大抵宗教上之儀式，即以爲凡根食之象徵」，〔註 67〕

〔註65〕參《中國文字學》，頁 21。

〔註66〕參《中國文字學》，頁 122 ，另可參〈甲骨文金文字及其相關問題〉。

〔註67〕參〈甲骨文金文字及其相關問題〉。

字本不从夲。

402　亣部　8　0

402001　亣　籀文大，改古文。亦象人形。凡亣之屬皆从亣。

按：甲文、金文未見，實採自文字偏旁，本不爲字。（參儿部部按）本部當併入大部。

第十一篇

下

411　**林部**　3　2

411001　林　二水也。闕。凡林之屬皆从林。（之壘切）

按：甲文、金文未見。經傳未見用。《甲典》收[illegible]、[illegible]爲林，比之甲文川[illegible]、[illegible]，水字[illegible]，[illegible]非林字明矣。　龍師謂林當分析偏旁而來，一如林、蟲、卯、豩、棘、从等字。〔註 68〕

411002　流　水行也。从林㐬，㐬，突忽也。（力求切）

[illegible]　篆文。从水。

按：甲文、金文未見。石鼓文作[illegible]。　龍師謂「[illegible]字實在是人正面從水而下的樣子，左右與前方都是水」，〔註 69〕[illegible]非表二條水流，兩條水流中間爲陸地，人不能流於其間。甲文[illegible][illegible]皆表水，籀文流从[illegible]或兼因此等形。

411003　涉　徒行厲水也。从林，从步。（時攝切）

[illegible]　篆文。从水。

按：甲文作[illegible]、[illegible]。金文作[illegible]、[illegible]。商承祚曰「羅師曰『前、　五、二十九有曰王涉歸，王無徒涉之理，殆借涉爲步字也』，然既有步字，固無庸借涉爲之，具爲涉字無疑……許書篆文从水步，與此正同，古金文亦然，無从二水者」。涉字象過水步行狀，籀文[illegible]以水分置步之兩側表水中步行意，左右二水不可合爲林字。

〔註 68〕參《中國文字學》，頁 289。

〔註 69〕參〈說文古文「子」字考〉。

415 川部 10 3

415001 川 貫穿通流水也。虞書曰：「濬く巜距川」，言深く巜之水會爲川也。凡川之屬皆从川。（昌緣切）

按：甲文作巛、巛。金文作巛。羅振玉曰「象有畔岸而水在中」。

415002 巠 水脈也。从川在一下，一，地也，壬省聲。一曰水，冥巠也。（古靈切）

巠 古文巠。不省。

按：甲文未見。金文作巠、巠。 龍師謂「巠字說文云『从川在下，壬省聲』，古文作巠不省，齊陳曼簠經字作經，所从亦爲壬字，與古文可以互證。唯巠與壬聲母絕遠，巠不得以壬爲聲。金文巠字作巠，金文編所收共四見，並从巠从土，與涇字通用不別（見克鐘）。莊子秋水篇云：『秋水時至，百川灌河，涇流之大，兩涘渚崖之間，不辨牛馬。』釋文引崔譔云：『直度曰涇。』『巠』當即象兩涘渚崖間涇流之狀，从土本用以顯其形象，後乃傅會爲壬字」。〔註70〕字本不从川。

415008 災 害也。从一雝川。《春秋傳》曰：「川雝爲澤，凶」。（祖才切）

按：甲文作巛、巛、巛。金文未見。《甲典》謂字「象洪水橫流之形。一期作巛，二、三期則巛、巛並作，自四期後增從才（才）爲聲符。初當爲水害之專字，引伸而爲災禍之意」。字本不从川。

415009 侃 剛直也。从㐰，㐰，古文信，从川，取其不舍晝夜。《論語》曰：「子路侃侃如也」。（空旱切）

按：甲文未見。金文作侃、侃、侃，觀其形，當不从川。

417 灥部 2 1

417001 灥 三泉也。闕。凡灥之屬皆从灥。（詳遵切）

按：甲文、金文未見。經傳未見用。 龍師謂當分析偏旁而來，一如林、屾、卯、豩、棘、从等字。〔註71〕

〔註70〕參《中國文字學》，頁348。

〔註71〕參《中國文字學》，頁289。

416002　灥　水泉本也。从灥出厂下。（愚袁切）

原　篆文。从泉。

按：甲文未見。金文作[illegible]、[illegible]，皆从泉，無一从灥。《段注》謂「以小篆作原，知灥乃古文籀文也」，籀文筆畫多繁重，从灥之原當爲籀文特殊寫法，字本不从灥。

部按：本部屬字僅原一字，灥當即由灥字中析出。

425　𩺰部　2　1

425001　𩺰　二魚也。凡𩺰之屬皆从𩺰。（語居切）

按：甲文、金文未見。經傳未見用。小徐本「二魚也」下有闕字，《校議議》謂與屾下林下同，當是。由其注文模式〔註72〕及其唯一屬字漁來看，此字當由漁析出，即形爲義，音則闕。

425002　漁　捕魚也。从𩺰，从水。（語居切）

[illegible]　篆文漁。从魚。

按：甲文作[illegible]、[illegible]、[illegible]、[illegible]。金文作[illegible]、[illegible]。丁山曰「𩺰之屬有[illegible]字，但在石鼓文作[illegible]，遹敦作[illegible]，皆象手入水中取魚形。卜辭或從网作[illegible]（後編下第卅五葉），捕魚之意尤顯。漁皆非從二魚也。卜辭漁一作[illegible]（殷契六第五十葉），雖從四魚，與一魚同誼，亦不得謂漁字古從眾魚也，則漁可歸諸魚部，其所從𩺰字亦魚之古文奇字或籀文，猶水林泉灥之例矣」。

部按：本部之型態與屾、灥等部同，部首不見於甲文、金文、經傳，其注文模式相同，部中屬字僅一，皆具一小篆重文，部首皆由此屬字析出。

第十二篇

上

431　乙部　3　1

431001　乙　玄鳥也，齊魯謂之乙，取其鳴自呼。象形。凡乙之屬皆从乙。（烏

〔註72〕參《中國文字學》，頁288。

轄切）

鳦 乙或从鳥。

按：甲文、金文未見。

431002 孔 通也。从乙，从子，乙，請子之候鳥也，乙至而得子嘉美之也。古人名嘉字子孔。（康董切）

按：甲文未見。金文作〔金文〕、〔金文〕、〔金文〕，觀其形，當不从乙。

437 戶部 10 1

437001 戶 護也，半門曰戶。象形。凡戶之屬皆从戶。（侯古切）

床 古文戶。从木。

按：甲文作〔甲文〕。金文未見。《甲編》戶字下收〔甲文〕（明藏六七七），辭爲「其啓宙西戶，祝于妣辛」。

437006 戹 隘也。从戶，乙聲。（於革切）

按：甲文未見。金文作〔金文〕、〔金文〕。王國維曰「〔金文〕，吳閣學吳中丞釋爲厄字，上象衡，下象厄。毛詩大雅傳「厄，烏喙也」，釋名「烏啄向下叉馬頸」。既夕禮「楔，狀如軛上兩末」，是厄有兩末以叉馬頸，〔金文〕字正象之」，小篆乃經訛變，字本不从戶。

下

446 丿部 4 1

446001 丿 右戾也。象左引之形。凡丿之屬皆从丿。（房密切）

按：甲文、金文未見。經傳不見用。

446003 弗 撟也。从丿，从㇏，从韋省。（分勿切）

按：甲文作〔甲文〕、〔甲文〕。金文作〔金文〕、〔金文〕。甲文或从二豎或从三豎，縱筆皆直，明不从丿，金文始皆从二豎，且縱筆變彎。字本不从丿。

447 厂部 2 0

447001 厂 抴也。象抴引之形。凡厂之屬皆从厂。虒字从此。（余制切）

按：甲文、金文未見。經傳不見用。

447002　弋　橜也。象折木衺鋭著形。从厂，象物挂之也。(與職切)

按：《甲典》作[illegible]、[illegible]、[illegible]（裘錫圭說），金文作[illegible]、[illegible]，觀其形，中畫皆直，字本不从厂。

448　乁部　2　1

448001　乁　流也。从反厂。讀若移。凡乁之屬皆从乁。(弋支切)

按：甲文、金文未見。經傳未見用。本無此字，當由也字析出，《部首訂》謂「从左引右，為勢最順，故遷移義象之」，《周禮·考工記弓人》「秋合三材則合，寒奠體則張不流」，鄭注「流猶移也」，是此字望文生訓謂為流，又因義制音而謂讀若移。

448002　也　女陰也。从乁，象形，乁亦聲。(余者切)

[illegible]　秦刻石也字。

按：甲文未見，金文作[illegible]。關於也字學者有二說，《金編》它字下謂「與也為一字，形狀相似，誤析為二，後人別構音讀」，此一說也。唐蘭謂「凡從它從也之字，小篆多混，蓋六國時書也字作[illegible]，與它形相近故也。……。余謂鼎之稱也者，蓋當以聲音求之，也之字本象匜形，其所以作也聲者，有窪下之義，從也聲之字，如池亦然，《說文》謂也為女陰，亦由此義所孳乳」，此又一說，然無論何說，也字皆不从乁。

451　戈部　26　1

451001　戈　平頭戟也。从弋，一橫之，象形。凡戈之屬皆从戈。(古禾切)

按：甲文作[illegible]。金文作[illegible]、[illegible]。

451013　或　邦也。从口，从戈又从一，一，地也。(于逼切)

域　或。又从土。

按：甲文未見。金文作[illegible]、[illegible]。　龍師謂「以古文字驗之，金文編收十二或字，與小篆同形者五，其餘七字均作[illegible]。『○』上下各一橫相對，所謂从戈的部分實為弋字。不僅如此，金文編所收从或之字：國字八見，除春秋戰國間東方文字變體[illegible]、[illegible]、[illegible]、[illegible]、[illegible]五者外，兩作[illegible]，一作[illegible]；減字二見，一作[illegible]，為作[illegible]之省變，一作[古文字]，即[古文字]字小譌；（後者容氏不識，以入附錄）棫字一見，作[古文字]；職字二見，一作[古文字]，當爲[古文字]省，一亦作[古文字]。此一同於小篆的現象，當非偶然。而另一方面，金文中戈字或確知爲从戈之字，如武、戒、我、戌、成等，又不一見从『[古文字]』的寫法。許君說解之非原意，顯而易見。說文或與域同字，當以『口』表疆域，上下横示其界畫，可與疆字从畺或畕參觀。（後者見金文）金文或字多讀同國，說文或下訓邦，是或本即國字……至於其字从弋之故，弋與杙同，說文『弋，橜也』，廣雅釋宮『楬櫫，杙也』，以杙示疆界所在，至今猶然，故或字从弋表意。（案弋與或古韻同屬之部入聲。不以或从弋爲聲者，弋或二字韻既有開合之異，聲母尤不相通，不合形聲字取聲條件。又案必字作[古文字]，从弋而以左右兩畫表界限，造字之意可與或字互證。）」。〔註 72〕字本不从戈。

454　亅部　2　0

454001　亅　鉤逆者謂之亅。象形。凡亅之屬皆从亅。讀若橜。（衢月切）

按：甲文、金文未見。經傳未見用。《段注》謂「鉤者曲金也」，又謂「象鉤自下逆上之形」。

454002　𠄌　鉤識也。从反亅。讀若補鳥罬。（居月切）

按：甲文、金文未見。經傳未見用。《段注》謂「鉤識者，用鉤表識其處也，褚先生補滑稽傳東方朔上書「凡用三千奏牘，人主從上方讀之，止，輒乙其處，二月乃盡，此非甲乙字，乃正𠄌字也，今人讀書有所鉤勒，即此」，是𠄌乃一標識，王筠《釋例》謂「亅字象形，𠄌字隸其下，又云從反亅，則似會意字，然說曰鉤識也，與今人鉤股同事，於亅了不相涉，祇成爲指事耳」，𠄌實不从亅，只是形近故屬之。

457　亡部　5　1

457001　亡　逃也。从入𠃊。凡亡之屬皆从亡。（武方切）

〔註 72〕參《中國文字學》，頁 187、188。

按：甲文作、。金文作、。

457002　乍　止也。一曰亡也。从亡，从一。(鉏駕切)

按：甲文作、，金文作，觀其形，字本不从亡。

458　匸部　7　0

458001　匸　衺徯有所俠藏也。从乚，上有一覆之。凡匸之屬皆从匸。讀與徯同。(胡禮切)

按：甲文、金文未見。

458007　匹　四丈也。从匸八，八揲一匹，八亦聲。(普吉切)

按：甲文未見。金文作、，觀其形，字本不从匸。

461　甾部　5　3

461001　甾　東楚名缶曰甾。象形也。凡甾之屬皆从甾。(側詞切)

古文甾。

按：甲文作、。金文作、。

461005　𠪚　䍌也。从甾，虍聲。讀若盧同。(洛乎切)

篆文𠪚。

籒文𠪚。

按：甲文未見。金文作、，觀其形，字不从甾。

466　系部　4　2

466001　系　繫也。从糸，丿聲。凡系之屬皆从系。(胡計切)

系。或从毄處。

籒文系。从爪絲。

按：甲文作、。金文作、。羅振玉曰「卜辭作手持絲形，與許書籒文合」。

466002　孫　子之子曰孫。从子，从系，系，續也。(思魂切)

按：甲文作。金文作。《金編》孫字數十見皆从，無一从系，字本不从系。

466004　繇　隨從也。从系，䍃聲。(余招切)

按：甲文未見。金文作、、。小篆所从系乃（朱芳圃謂即䖵之初文）之訛變，字本不从系。

第十三篇

下

477　黽部　13　5　1

477001　黽　鼃黽也。从它，象形，黽頭與它頭同。凡黽之屬皆从黽。（莫杏切）

按：《甲集》黽字下收一形，《金編》黽字下收、二形，皆未審是否爲黽。

477010　蠅　營營青蠅，蟲之大腹者。从黽虫。（余陵切）

按：甲文、金文未見。　龍師謂「黽爲蛙黽之形，（案說文黽下云从它象形，其說誤。）蠅與蛙不同類，無取黽字造爲蠅字之理；蠅字所从的『黽』，原當是蠅的象形初文，因與蛙黽字近似加虫旁以爲別，其後象形的蠅字漸爲蛙黽之黽所同化」。〔註73〕字本不从黽。

477012　鼄　蜘蛛也。从黽，朱聲。（陟輸切）

蛛　蛛或从虫。

按：甲文未見。金文作、。　龍師謂「此則蜘蛛的象形初文，爲黽字所同化。金文蛛字多見，有、、等形，可見其下原爲蜘蛛的形象」。〔註74〕蜘蛛屬節肢動物，近於昆蟲類而遠於蛙黽類，字當不从黽。

479　二部　6　2

479001　二　地之數也。从耦一。凡二之屬皆从二。（而至切）

弍　古文二。

按：甲文作＝。金文作＝、。

479004　亘　求亘也。从二，从囘，囘，古文回，象亘回形，上下，所求物也。（須緣切）

〔註73〕參《中國文字學》，頁298。

〔註74〕參《中國文字學》，頁299。

按：甲文作□、□，金文作□，觀其形，字本不从二。

479006　凡　最括也。从二，二，偶也，从□，□，古文及。（浮芝切）

按：甲文作□、□，金文作□，觀其形，字本不从二。

480　土部　131　26

480001　土　地之吐生物者也。二象地之下地之中物出形也。凡土之屬皆从土。（它魯切）

按：甲文作□、□。金文作□、□。

480048　在　存也。从土，才聲。（昨代切）

按：甲文作□。金文作□、□。　龍師謂「金文編在字下共收□、□、□、□四形。甲骨文無與小篆相當的在字；凡在字作才，有□、□、□、□諸形。金文一般也只書用才字，作□、□、□、□、□、□或□。分析金文編所收在字，第一形即才字，其餘三者所从，於金文並爲士字。士與在古韻同之部，聲母一爲床二，一爲從母，古聲從母與床二不分，則在字本於才字加士聲，以別才之本義，爲才字假借用法的轉注字」，〔註75〕字本不从土。

480130　圭　瑞玉也，上圜下方，公執桓圭，九寸；侯執信圭，伯執躬圭，皆七寸；子執穀璧，男執蒲璧，皆五寸，以封諸侯。从重土，楚爵有執圭。（古畦切）

珪　古文圭。从玉。

按：甲文未見。金文作□、□。林義光曰「重土非瑞玉之義。古土作□，圭作□（遽尊彝），無□者，明非重土」，竊以爲字本作□，象圭之側面，後中央瘦化成□，又受士字影響而變爲□，字本不从土。

第十四篇

下

500　𠂤部　92　9

〔註75〕參《中國文字學》，頁190、191。

500001　自　大陸也，山無石者。象形。凡𨸏之屬皆从𨸏。（房九切）

　　　　𨸏　古文。

　　　　按：甲文作[illegible]、[illegible]。金文未見，偏旁中作[illegible]、[illegible]。

500054　𡨄　𡨄商，小塊也。从𨸏，从臾。（去衍切）

　　　　按：甲文作[illegible]、[illegible]。金文作[illegible]、[illegible]。　龍師謂「𡨄字說文作[illegible]，許君云从𨸏。金文此字本作[illegible]，或又作[illegible]，（後者見大保殷，又遣字偏旁多見。）遂因形近同化於𨸏」，〔註 76〕字當从𠂤，不从𨸏。

511　厹部　7　3

511001　厹　獸足蹂地也。象形，九聲。尒疋曰：「狐狸貛貉醜其足，蹞其迹厹」。凡厹之屬皆从厹。（人九切）

　　　　按：甲文、金文未見。

511002　禽　走獸總名。从厹，象形，今聲。禽、离、兕頭相似。（巨今切）

　　　　按：甲文作[illegible]、[illegible]。金文作[illegible]、[illegible]。屈翼鵬曰「[illegible]从又持[illegible]，殆與[illegible]爲同字，茲隸定作[illegible]。[illegible]，羅謂與[illegible]爲一字，釋爲畢（殷釋中四八），而稽諸卜辭，實爲禽獲之禽，則𣪘亦即禽字也」。字本不从厹。

511004　萬　蟲也。从厹，象形。（無販切）

　　　　按：甲文作[illegible]、[illegible]。金文作[illegible]、[illegible]。羅振玉曰「卜辭及古金文中[illegible][illegible]等形均象蝎，不从厹。金文中或作[illegible]，石鼓文始作[illegible]，失初狀矣」。字本不从厹。

514　乙部　4　1

514001　乙　象春艸木冤曲而出，陰气尚彊，其出乙乙也，與丨同意。乙承甲象人頸。凡乙之屬皆从乙。（於筆切）

　　　　按：甲文作[illegible]、[illegible]。金文作[illegible]、[illegible]。

514004　尤　異也。从乙，又聲。（羽求切）

　　　　按：甲文作[illegible]、[illegible]。金文作[illegible]。　龍師謂「見不出尤字从乙的

〔註 76〕參《中國文字學》，頁 296。

道理，所以朱駿聲逕指『从乙無義』。（朱氏云：『此字當即猶之古文，犬子也。从犬省，ɔ 指事。』又云：『或說猲之古文，犬張耳貌，象形；亦通。』亦皆附會爲說。）金文如𪏁伯簋尤字作，大豐簋作，特較又字多一短畫，而又尤二字僅有聲調之差，疑訓異之尤，其始本借又字爲之，加一短畫，只有區別字形的作用。說文疣疚二字同音同義，（疣爲䪻或體。䪻疚二篆並云顫，音同于救切。）疣實即疚字或體，或者正透露了此中消息」，〔註77〕字不从乙。

517　戊部　2　1

517001　戊　中宮也。象六甲五龍相拘絞也。戊承丁象人脅。凡戊之屬皆从戊。（莫侯切）

按：甲文作、。金文作、。葉玉森曰「亦古兵擊，）弧形外向變作、，其鋒乃平，與戉上之、、、形，戊上之形竝異。依左氏傳戚、戉乃二物，戚爲斧形，宜若可信，然上之）則非斧象也」。戊字本象兵器，十天干中之戊乃假借用法。

其實十天干之字皆當爲假借用法，如戊字本義尚可考，若乙字已不可識。《說文》據陰陽觀念說十天干字之本義，皆爲附會，若其甲字下謂「大一經曰：『人頭空爲甲』」，而甲骨文中甲作，明與人頭無關。

517002　成　就也。从戊，丁聲。（氏征切）

𢦫　古文成。从午。

按：甲文作、，金文作、，字从，非从戊。

521　辛部　6　3

521001　辛　秋時萬物成而孰，金剛味辛，辛痛即泣出。从一，从辛，辛，辠也。辛承庚象人股。凡辛之屬皆从辛。（古行切）

按：甲文作、。金文作、。郭沫若謂「字乃象形，由其形象以判之，當係古之剞劂，《說文》云『剞劂，曲刀也』……

〔註77〕參《中國文字學》，頁207、208。

剞劂爲刻鏤之曲刀」，並舉□（妾）、□（童）、□（僕）、□（僕）諸古文字爲例，以證文字从辛之意，並解釋說「此即黥刑之會意也，有罪之意無法表示，故借黥刑以表示之，黥刑亦無法表現於簡單之字形中，故借施黥之工具剞劂以表現之」，是辛字本象剞劂以表意，非如《說文》所釋。

521004　薛　辠也。从辛，𡴎聲。（私列切）

按：甲文作□、□。金文作□、□。《甲編》薛字十二見皆从□，無一从□，辛字四十見無一作□，王國維謂□、□當爲二字，其分別在縱畫之曲直，□即辛字，故宰、辟、薛、辥、章諸字誼與辛相關者皆从□而不从□，又甲文□即□（《說文》从辛），卜辭薛作□，兮甲盤□即辭字等皆可證□即辛。郭沫若則謂辛、辛一字，乃剞劂（曲刀）之象形，其形有別只是正面側面之不同，並舉童妾不从□、章僕金文所从辛之中畫有曲有直以疑王氏之說。然　龍師謂辛、辛音異，不得爲一字，郭說不可信。竊以爲□是否爲辛尚不可確定，薛字从□而不从□則無可疑，其甲文从□，絕不與□混，至金文始或从□或从□，當經訛變。甲文另有多字从□，與从□者皆不相混，辛字亦不作□。□與□或爲一物不同面之形，即使如此，其在文字中的作用也可不同，如□與□皆爲人形而各自成字，故从□與从□不能謂同而無別，薛字不可謂爲从辛。

部按：部中諸字如辠、辜、辥、辭等从辛，皆當从象剞劂之辛以表意，非所謂「金剛味辛」之附會意也。

525　子部　15　4

525001　子　十一月陽气動，萬物滋，人以爲偁。象形。凡子之屬皆从子。（即里切）

□　古文子。从巛，象髮也。

□　籀文子。囟有髮，臂脛在几上也。

按：甲文作□、□。金文作□、□。林義光謂「象頭身臂及足并之形，兒在襁褓中，故足并」，部中屬字確从子者皆此意，卜辭中用以稱「某子」，假借爲地支，非如《說文》所說「十一月陽气動，萬物滋，人以爲偁」。

525015　疑　惑也。从子止匕，矢聲。（語其切）

按：甲文作[illegible]。金文作[illegible]、[illegible]。孫海波曰「象人扶杖而立，徘徊歧路之意」。字本不从子，亦不从矢，矢不得爲疑字之聲。

528　𠫓部　3　2

528001　𠫓　不順忽出也。从到子。易曰突如其來如，不孝子突出，不容於內也。𠫓即易突字也。凡𠫓之屬皆从𠫓。（他骨切）

[illegible]　或从到古文子。

按：甲文、金文未見。經傳未見用。　龍師謂「我曾作『說文古文子字考』一文（刊大陸雜誌十周年紀念特大號）取說文中所有从𠫓或㐬之字觀察，發現所謂讀同突的𠫓字，竟屬子虛。此等字如：毓本作[illegible]，（見甲骨文）象產子形，與育同字，故从子而倒置之，下爲羊水。（王國維說）棄字本作[illegible]，象兩手持箕棄子之形，以遺棄不祥或私生嬰兒爲其製字背景。周之始祖名棄，宋芮司徒女亦名棄，（詳詩經大雅生民篇，及襄公二十六年左傳。）可爲說明。初生兒首重項軟，置於箕中通常以頭向內，故其字从子而取倒置之形。甲骨文作[illegible]，雖未能兼顧實際情況，爲殷質周文之一例，卻正說明了棄字所从原只是子字。說文以[illegible]爲逆子，逆子豈得以箕棄之？是其說本不可通。流字本作[illegible]，（籀文如此，小篆省之作[illegible]）象人上伸兩手從流而下之形，原與子字無關，更不必說从倒子的[illegible]字。又說文：『疏，通也。』其字係从流字會意，而省去其水旁；梳則更是疏的轉注字，其字本作疏，說詳第二章第四節『壹、音意文字之甲』。總之，所謂从倒子的𠫓字，緣於漢儒見毓棄等字从倒子之形而不得其解，望文生意，將當時語言中的『突』強加其上，而平添一字」。〔註78〕

528002　育　養子使作善也。从𠫓，肉聲。《虞書》曰：「教育子」。（余六切）

〔註78〕參《中國文字學》，頁282、283。

[古文字形] 育或从每。

按：甲文作[字形]、[字形]。金文作[字形]、[字形]。字不从𠫓。（參上）

528003　疏　通也。从㐬，从疋，疋亦聲。（所菹切）

按：甲文、金文未見。字不从𠫓。（參上）

529　丑部　3　0

529001　丑　紐也，十二月萬物動用事。象手之形，日加丑亦舉手時也。凡丑之屬皆从丑。（敕九切）

按：甲文作[字形]、[字形]。金文作[字形]、[字形]。　龍師謂丑字金文作[字形]、[字形]等形，或即作[字形]，疑本借用叉字，爲別嫌而強改字形。

529002　肚　食肉也。从丑，从肉。（女久切）

按：甲文、金文未見。小徐作「从肉丑，丑亦聲」，部中羞字《說文》亦謂「丑亦聲」，　龍師謂「肚與丑、羞與丑以及舌與干之間，無論其語義相關程度如何，（案實際情形極爲疏闊）聲母遠隔，不合孳生語條件，即此已足以否定許說」，〔註79〕是《說文》肚、羞二字之說誤，肚是否从丑可疑。《段注》謂「食肉必用手，故从丑肉」，是字从手即可，不必从丑。肚字小篆从丑或爲與肘字別嫌，（肘字早期所从寸形當作[字形]形）字本不从丑。

529003　羞　進獻也。从羊，羊所進也。从丑，丑亦聲。（息流切）

按：甲文作[字形]、[字形]。金文作[字形]、[字形]。羅振玉謂字乃「从又持羊進獻之象」，《說文》「丑亦聲」之說非，（參肚字）「从丑」亦謂从手即可。丑字金文已作[字形]、[字形]，而羞字金文仍从手，無一从丑，且可作[字形]，更可明其所从爲手而非丑。

532　辰部　2　1

532001　辰　震也，三月陽气動，靁電振，民農時也，物皆生。

从乙匕，匕象芒達，厂聲也，辰，房星，天時也，从二，二古文上字。凡辰之屬皆从辰。（植鄰切）

按：甲文作[字形]、[字形]。金文作[字形]、[字形]。吳紹瑄曰「桉：顧鐵僧教授

〔註79〕參《中國文字學》，頁319、320。

謂辰即蜃之本字，依金文作、，甲文作、等形推知之，蓋象蜃殼，蓋蜃肉伸出殼外作運動之狀者。顧說甚精，……推之辰甲形傾削，故轉以各山邊水涯，辰甲兩合，人口似之，故脣从辰得聲誼；竇為合宿，宸為交宇，故亦俱从辰。辰能運動，則踬、振、震字从之；辰又能伏而不動，則晨辱字从之；辰肉藏甲中，如人有孕，則娠孕字从之；辰為貝類，賑富字从之。是舉凡從辰得形聲之字輾轉推求，而愈可明辰即蜃之古文也。」辰本為蜃之象形，假借為地支之用，《說文》「震也」之說純出陰陽家之傅會。

532002　辱　恥也。从寸在辰下，失耕時，於封畺上戮之也，辰者農之時也，故房星為辰，田候也。（而蜀切）

按：甲文未見。金文未見。　龍師謂「說文云：『辱，恥也。从寸在辰下。辰者，耕時也。』『蓐，陳艸復生也。从艸，辱聲。』耨字說文作槈，云：『槈，薅器也。从木，辱聲。』（案說文薅下云『拔田艸』，耨字恒見用為拔田艸之義。）蓐與耨音近，陳艸復生與拔田艸義亦相成，（案義相成者，如茇字義為艸根，拔字衍茇語而義為連根拔艸，可為比照。）當為一字。辱與蓐音同，疑即蓐之初文。辱蓐耨三字其始蓋只書作辱，从寸从辰，與晨字从臼从辰同以摩蜃而耨為其製字背景。後因借為恥辱義，別加木作槈，或加耒作耨；又因義為拔艸，或又加艸以顯意，亦以別於恥辱之義。是故說文雖不以辱字本義為拔艸，仍不得不以「耕時」釋其字从辰之故。」〔註80〕是辱字所从之辰乃蜃，非《說文》「震也」之意。

533　巳部　2　0

533001　巳　巳也，四月陽气巳出，陰气巳藏，萬物成彣彰，故巳為它。象形。凡巳之屬皆从巳。（祥里切）

按：甲文作、。金文作、。

〔註80〕參《中國文字學》，頁14。

533002　㠯　用也。从反巳。賈侍中說巳意，巳，實也，象形。（羊止切）

按：甲文作[illegible]、[illegible]，金文作[illegible]、[illegible]，觀其形，非反巳，字不从巳。

536　申部　4　2

536001　申　神也，七月陰气成體自申東。从臼，自持也，吏以餔時聽事申旦政也。凡申之屬皆从申。（失人切）

按：甲文作[illegible]、[illegible]。金文作[illegible]、[illegible]。葉玉森曰「按[illegible]之異體作[illegible]、[illegible]、[illegible]、[illegible]、[illegible]、[illegible]、[illegible]等形，象電燿屈折，《說文》虹下出古文蚺，許君曰『申，電也』，與訓『申，神也』異，余謂象電形爲朔誼，神乃引申誼，卜辭雹字作[illegible]、[illegible]，金文靁甗之[illegible]，竝从申，雹與靁均緣電生也」，申本象電燿，假借爲地支，許君此強說附會也。

537　酉部　67　8

537001　酉　就也。八月黍成可爲酎酒，象古文酉之形。凡酉之屬皆从酉。（與久切）

丣　古文酉。从卯，卯爲春門萬物已出，卯爲秋門萬物已入，一，閉門象也。

按：甲文作[illegible]、[illegible]。金文作[illegible]、[illegible]。《釋例》謂「酉部次弟甚明劃，雖有數字不合，然大局不誤，或尚未甚倒亂也。蓋許君本謂酉酒一字，故酉部之首，先列酒字，部中說解之從酉，皆即從酒也」。王筠此說甚通達，甲文、金文中酉酒即相同無異，然許君重視酉作爲地支之用法，以象古文酉而採陰陽家說，終未將酉酒合爲一字。

第三章　結　論

在依文字之實際狀況，對《說文》五百四十部檢討後，可以就部首與屬字、具體與原則等幾個角度分項說明《說文》从屬關係之實際面貌。首先是將分部與歸部的原則立爲一項，做一總體論述，再就部首與屬字之具體錯誤分別立爲二項，分類檢討，最後是將虛造文字合爲一項說明。在分項說明完畢後，並對《說文》从屬關係之實貌做一綜合小結。

第一節　分部與歸部的原則

從《說文》本身來看，其从屬關係實際上有兩種，一種是依義類分部的基本从屬關係，另一種是語言孳生的亦聲關係。而在此兩種關係之外有一些例外的情形，於此合爲一類說明。

一、基本从屬關係

《說文》的基本从屬關係即部首與屬字之形義關係，也就是形的關係或義類關係。此種關係確實有效統屬了《說文》中絕大部分的字，因爲《說文》中大多數爲形聲字，〔註1〕而形聲字歸部極明確之故。另外，在會意字之歸部上，雖然沒有具體客觀之依據可處理兩从或數从之會意字當歸入何部，但無論其歸

〔註 1〕《說文》所說的形聲字其實許多是轉注字，只不過二者外表型態一樣。

入何部，均不能說爲歸部錯誤，基本从屬關係對這個問題可說尚可應付。

二、亦聲關係

《說文》說解中「从某，某亦聲」一語，實際上指出了所从之「某」與字具有音義雙重關係之現象，而此音義雙重關係即爲語言孳生關係。《說文》特別重視此關係，往往據其歸部，如胖字依「半亦聲」而歸入半部，甚至有專爲此一關係，裒集从某亦聲之文字立部的情形，如句部即集拘笱鉤三字特立爲部。本論文雖不一一檢討分析此類情形，但在結論要特別指出亦聲關係實爲《說文》另一類从屬關係。亦聲關係之性質與基本从屬關係完全不同，一是語言之孳生關係，一是文字之創生關係，即就亦聲關係在文字上的表現而言，其部首與屬字亦爲「化」字關係，即爲轉注關係，而非《說文》六書之「造」字關係，故不可以形聲兼會意待之。

《說文》謂爲亦聲之字數量並不少，但因許君對此關係之掌握並不透徹，故說解錯誤疏失者亦不少，屬字之說解錯誤，將影響其對部首从屬之正誤者，將會在說解錯誤的部分處理，如茻部莫、莽、葬三字，至於不影響其與部首之意義關係者，則於本論文中不討論。

三、例外从屬關係

《說文》偌大一部書，實難處處完善，難免有疏失之處，故《說文》中有一些分部與歸部不合乎基本从屬關係的例外情形發生，分列之如下：

120　烏部舄、焉

163　豆部豋、豋

454　亅部乚

第二節　處理錯誤之部首

《說文》對部首有處理錯誤者，或因偏重字形，或因望文生意，或因陰陽五行而將字義理解錯誤，讓人誤會屬字所从，故凡部中有屬字，《說文》處理錯誤而可據實修正之部首，皆屬本類。

一、同一字因形異而誤分之部首

《說文》部首有實爲一字而分立數部者，雖因部首形異而分爲數部，但數部中之屬字實際所从仍爲一，故此諸部當合併爲一部。凡其形異乃因古文、籀文、小篆而不同者，依《說文》之例，皆以小篆爲正文，而以古籀爲重文合併之；凡其形異乃同一字體者，以習見者爲正文，以罕見者爲或體合併之；凡其形異者，有後世增省而成者，則以增省者爲或體合併，若增省者本不成字，只見於文字偏旁，二部仍當合併，从其之字可說以从某省或从某增，但不爲重文關係，故不於此討論。以下分作若干種情形討論。

第一種情形是一部首實爲另一部首之後起字，二者音義並無不同，或有並見之時，但其生成實有先後，則以後出者併入先成者，如𠂇與左，左實爲𠂇之後起字，於𠂇增工符而成，但意義、用法仍與𠂇同，實可將左部併入𠂇部。此類例如下：

072　㽄部（併入鬲部）

146　左部（併入𠂇部）

219　華部（併入𠌶部）

332　彣部（併入文部）

第二種情形是一部首與另一部首乃因同一字之不同寫法而生，二者無法分其先成後成，音義亦無不同，如自與白，甲文中作[illegible]者與作[illegible]者並多見，字形並無先後期變化關係。此實因古文字形體點畫往往可增損，而生出不同之字形。又林與𣏟二部因資料不足，無法斷二者關係，暫附於此。此類例如下：

104　白部（併入自部）

325　百部（併入首部）

262　林部（併入𣏟部）

第三種情形是一部首乃爲另一部首之簡省寫法，二者音義皆同，實即一字，故簡省之形可視爲此字之或體而合併二部，此類僅一例，表之如下：

167　虍部（併入虎部）

二、字義理解錯誤之部首

《說文》所說部首字義與部中屬字所从偏旁之義不同，如部首止，本即足趾，而《說文》謂「下基也。象艸木出有址，故以止爲足」，將本義說爲引申義，又牽連[illegible]、[illegible]等字形，謂爲艸木出有址，將引申義視爲本義，實則屬字所从爲足趾也。以下分做兩種情形說明。

第一種情形是因《說文》過度牽連字形，而將其字義誤解者，此類例如下：

027 止

第二種情形是因漢儒重視陰陽五行，《說文》受此影響，而將天干地支等假借用義視爲造字之本義去說解，部中屬字所从實非《說文》所釋之部首義。此類例如下：

517	戊	532	辰
521	辛	536	申
525	子	537	酉
529	丑		

第三節　歸部錯誤之屬字

屬字說解錯誤可分爲兩種情形，一爲因《說文》理解方式不妥而致誤類，一爲因字形發生變化而致誤，分別敘述如下。〔註2〕

一、純因《說文》理解方式不妥而致誤類

此類部首及屬字皆非離析偏旁而成，二者字形亦未發生太大差異變化，純粹因《說文》對屬字字形之理解方式錯誤或疏失而致歸部錯誤。此類例子又可因其理解方式而分作下列若干種情形討論。

第一種情形是複體會意字之說解盡量牽連它字，如芔字，《說文》謂「艸之總名也。从艸屮。」，其實謂芔字从三屮表「艸之總名」即可，而《說文》要牽連屮艸二字說解，好像說解所牽連之文字愈多，其說解就愈牢靠，此即王筠所批評《說文》不能即事物以求字，而要「牽連它字以求此字，於古人制作之意隔，而字遂不可識矣。」《說文》聶、轟等字各从三耳、三車，而不說爲从聑耳、輔車，或因義不合，如《說文》謂「聶，駙耳私小語也」，「聑，安也」，說聶从聑耳於義不妥。或無字可牽連，如車部無𨏖字，故轟不得从𨏖車。若有字可牽連，又於義可安，《說文》說複體會意字必將盡量牽連，而實際上此等字之重複形體，其實具有與其單體或二體別嫌的作用。此類例如下：

〔註2〕絫、燮二字一爲重文，一爲後人所加，不予歸類。

012　芔部茻字

208　林部森字

第二種情形是部首爲合體字，其字素之組成形位與屬字中不同，而《說文》不以爲意，視爲相同。如哭部喪字，二口分置犬字二側，與哭字位於犬上者相異，《說文》因視二者爲相同，而將喪字歸哭部，今從古文字觀之，喪與噩、咢本同字，犬側二口本可作三口、四口、五口，且無定位，本不从哭，《說文》實誤。其它如韋、龠、異三字《說文》之說解情形亦同喪，唯因三字爲部首，其現象未及於从屬關係，故不論。屬字中此類例如下：

025　哭部喪字

332　彣部彥字

386　焱部熒字

另如艸部折字，其字中折木爲屮同化後呈上下縱列之二屮形，《說文》歸入草部，情形同此，因此字生誤主因字中折木爲屮同化，故置於字形變化一類說明。

第三種情形是誤用省形。中國文字爲求其美觀方正而有省形一現象產生，《說文》首先發現此一現象，並用以說解文字，〔註3〕甚至有通部屬字皆从部首省形者，如殸部[illegible]、[illegible]二字爲全部屬字，皆从殸省。但並非通部屬字皆从部首省形者的說解都無誤，如冓部冓、爯、再三字於古文字中皆从[illegible]，而[illegible]未見於小篆，故《說文》以冓省說爯再二字，實誤。此類例如下：

069　爨部釁字

122　冓部再、爯二字

225　㯻部橐、囊、櫜、𣝗四字

第四種情形是《說文》將屬字中之偏旁作用誤解，而致生錯誤之从屬關係，如叀部惠字所从之叀爲聲符，《說文》誤聲符爲義符，而歸部錯誤，又如木部索字，《說文》將其所从之朩誤爲木而歸部錯誤。此類例如下：

014　茻部莫、莽、葬

125　叀部惠字

214　木部索字

〔註3〕參《中國文字學》第三章第七節〈論省形與省聲〉。

第五種情形是部首與屬字形體差異極大，明無關係，《說文》不得屬字之說解，故勉強說之。如乃部逌、逌二字，逌小篆作[illegible]，與乃小篆[illegible]異，《說文》乃謂「从乃省」，又逌小篆作[illegible]，《說文》謂「从乃」，段玉裁亦覺未妥，乃謂當亦从乃省，然即以乃省說二者，差異仍大，證以古文字形，則知二字根本與乃無關。此類例如下：

152 乃部逌、逌二字

193 畐部良字

479 二部凡字

二、主因字形變化而致誤之類

此類部首與屬字亦皆非離析偏旁而成，但因屬字字形發生變化，《說文》據變化之字形說解，故生成錯誤从屬關係。字形變化影響从屬關係者多發生在屬字一方，因部首多常用而習見，故不易生變化，且部首若形變，屬字所从之偏旁亦當隨之而變，仍不影響二者之關係。但有因部首形變，屬字之偏旁恰與部首形變後同形而誤入部中者，如十部博字，本有一偏旁作十，因十字涉及古文字丨→[illegible]→十之形變規律，由丨變爲十，與博字偏旁同形，致誤生从屬關係。另外《說文》部首意義之抽象化詮釋亦使屬字較易附會歸部，如謂十爲「數之具也。一爲東西，丨爲南北，則四方中央備矣」，則「大通也」的博字才易歸於十部。以下依文字字形變化之原因分爲四種情形說明，前兩種情形屬字形純形式之變化，爲無意之訛變，後兩種情形則屬有目的、故意的字形改變。以下分別說明。

第一種情形是屬字依字形演變之規律變形，致部分形體與部首同形而致發生錯誤之从屬關係，如一部元字本作[illegible]，因涉及古文字•→[illegible]→[illegible]之字形演變規律而變作[illegible]，致使《說文》誤歸一部。此類部首多字形簡單，因字形演變規律中不包含複雜字形。此類例如下：

001 一部元、天二字

002 上部帝、旁二字

054 十部博字

第二種情形是屬字爲某部首同化，《說文》據其字同化後字形說解而誤成从屬關係。如口部各字本作[illegible]，其下[illegible]象古人穴居處，因與口字相近而不似口字習見，故爲口所同化，《說文》乃誤歸各字入口部。此類例子極多，分列如下：

012 艸部折字
022 口部和、各二字
035 廴部廷字
047 干部屰字
084 臤部豎字
086 殳部殼、毀、役三字
097 㸚部爾字
104 白部皆、魯、者、𪞶、智、百六字
121 華部畢字
125 叀部惠、疐二字
135 肉部肩字
145 丌部畀字
151 曰部曹、曹二字
155 兮部乎字
160 壴部嘉字
173 血部盍字
188 冂部市、央二字
191 亯部䈞字
214 朩部南、索二字
224 朿部刺字
226 囗部回字
244 马部圅、甬二字
269 宀部宜、害二字
272 穴部寮字
276 冃部同字
277 冃部冑字
281 巾部帚字
288 七部𠤎字
292 北部冀字
318 見部㝵字
319 覞部字覷
353 广部庶字
359 勿部昜字
383 炎部粦字
392 夭部喬字
415 川部巠、災、侃三字
431 乙部孔字
437 戶部㞕字
451 戈部或字
457 亡部乍字
458 匸部匹字
461 甾部虘字
466 系部孫、緜二字
477 黽部蠅、蛛二字
479 二部亘字
480 土部在、圭二字
500 𠂤部𠳋字
511 厹部禽、萬二字
514 乙部尤字
517 戊部成字
521 辛部辥字
525 子部疑字
533 巳部㠯字

105

另有仝字，不知字之確解，疑其字形乃爲玉或工同化，附於此：

184 入部仝字

第三種情形是當文字基於別嫌而變化字形時，《說文》因據變化後字形說解，又不具別嫌觀念，故強說字形，迂曲難通。《說文》因此種情形而說解錯誤的並不少，如母字言字，〔註4〕但影響部首與屬字之从屬關係者，則僅此二例，如下：

001 一部丕、吏二字

146 左部差字

第四種情形是因屬字之古說失傳，字形又或演變過甚，於是遷就附會，將字形加以改變以傳會新說，《說文》採之，並據以歸部而生誤，如音部章字，小篆作[illegible]，其字形與說解配合貼切，並無可疑處，但其古作[illegible]、[illegible]，既不从音復不从十，至小篆方突變，《說文》據小篆入音部實誤。〔註5〕此類例如下：

005 王部皇字

058 音部章字

095 用部葡、甫二字

359 勿部昜字

396 壴部懿字

第五種情形是因屬字之字形不爲人識，而另加聲符以說明，於是《說文》誤爲二字，如牄字，列之如下：

183 倉部牄字

第四節　虛造之从屬關係

在部首與屬字之實際關係中，有一類情形是其中一方乃漢儒分析虛造而成，因漢儒以其文字觀念說解文字，字中所从雖非獨立文字，亦強析爲一獨立文字，其形由字中析出，又望文生義，因義制音，或有不得附會者，則言闕。

〔註4〕參《中國文字學》第三章第二節〈論約定與別嫌〉。

〔註5〕參《中國文字學》，頁390－395。

部首與屬字皆有離析偏旁而爲者，析出部首，主爲說解屬字，析出屬字，則爲說解部外之字。此類情形實說明漢儒之「文」「字」觀念無法掌握此類字，而這類从屬關係與前述之錯誤从屬關係不同，實顯示从屬關係原則本身有缺陷，故另立一部分討論，依其情形，亦可從部首與屬字二方面檢討。

一、部首虛造類

部首析出者其从屬關係具同指與同形二種。同指意謂部首與屬字偏旁不僅同形，且所指相同，因屬字所从未爲獨立文字，漢儒爲成其屬字說解，故由屬字中析出做爲部首，實有所指，但不爲獨立文字，第一種至第五種情形屬此。同形意謂部首與屬字偏旁字形相同，但所指不同，因《說文》理解錯誤，而將屬字之部分形體析爲部首，或因屬字形變而致部分與部首同形，第六種至第十三種情形屬此，其中第九種至第十三種情形前已有類似情形。分別討論如下。

第一種情形是屬字中偏旁之所指乃習見事物，但爲表所會之意而稍作變形，與其作爲獨立文字之形態不同，致漢儒不識，而離析爲它字，另附音義，如卪字在偏旁中作[illegible]，象跪跽之人形，《說文》不識，乃謂爲「瑞信也」之卪字。此類例如下：

338 卪部（除巴、卩二字外，餘屬字皆是）

343 勹部鞠、匍、匐、匊、勼、勽、匈、匔、復

第二種情形是屬字中偏旁之所指乃習見事物，但爲表所會之意而變換位向，與其作爲獨立文字之位向不同，致漢儒不識，而離析爲它字，另附音義，如亼字在偏旁中即指人口，只因其形倒置寫作△而不爲漢儒所識，望文生意，謂爲「三合也」，實際文字中並無此字。此類例如下：

181 亼部合、僉、侖、今四字

198 夊部（屬字皆是）

203 夂部（屬字皆是）

528 㐬部育、疏

第三種情形是屬字中偏旁之所指乃習見事物，但就其所會之意而言，字中从其之數可多可少，不必定於一數，因其後文字逐漸定形，方定从某數，而漢儒不知，認其爲一獨立文字而離析爲之，如咢字本作[illegible]、[illegible]、[illegible]等，所从口數由一至五皆可，字後漸定形，从二口以求字形方正美觀，非有獨立之

吅字，漢儒乃誤以吅為一獨立字，自偏旁中析出並附以音義，實無吅字。此類例如下：

024 吅部嚴、咢二字

117 雔部靃字

411 沝部流、涉二字

425 𩺰部漁字

第四種情形是屬字所从偏旁之所指雖與部首字之所指相同，但非《說文》所說之部首字，如分字甲文作，象以刀分物之狀，左右二撇表分別之意，與《說文》釋八字之「別也」意同，但此二撇實非八字，此王筠所說即事以求勿即字以求字之例。此類例如下：

016 八部分、必

178 皀部即、既、冟

230 𨛜部巷字

另有雙字所从二隹亦非《說文》雔字，但因雔字無古文字資料可參考，故不能遽斷雔字為離析偏旁而成，疑而附置於此。

117 雔部雙字

第五種情形是屬字為早期會意字，字中實指之局部字形被析為部首，如蔑字本作，其後偏旁之上半部被析出，虛造出一苜字。此類例如下：

113 苜部瞢、莧、蔑

210 叒部桑

400 夲部奉、靴、奏

第六種情形是字形刻意簡省為原字之部分形體，以便書寫，在古文字中此種情形並不少見，如車字由變作即經幾次簡省，〔註 6〕不過影響部首與屬字之从屬關係者不多，此下二例一省屬字一省部首，狀況又有不同，列之如下：

016 八部尒字

034 彳部（所有屬字）

第七種情形是《說文》為說解屬字，而以古文字晚期方有之筆畫觀念附會

〔註 6〕參《古文字研究簡論》第三章關於簡化的討論，文中稱此類現象為「截除性簡化」。

分析而成部首。〔註7〕如丨部，其中於二屬字以古文字字形證之，皆不从丨，《說文》謂丨「引而上行讀若囟，引而下行讀若退」，此種說法實空前絕後。而《說文》中字形似筆畫之字尚有丶、丿、乀、厂、乁、亅、乚等，觀其注文，除丨謂上下引外，丿「象左引之形」，厂「象抴引之形」，皆以「引」一觀念說字形，乀「从反丿」，乁「从反厂」，亦可視爲以「引」說者。而丶則謂「有所絕止，丶而識之也」，其「絕止」似相對於「引」而說，下謂「識之也」，又有標點符號之意味，與乚之注文「鉤識也」合觀更引人深思。上述諸字皆未見於經籍，唯金文數見丶形，不知與《說文》丶是否同字，而《說文》所說从此諸字之字未必有古文字可徵，故於此只列出可徵信爲自字中離析者，如下：

010 丨部

446 丿部

448 乁部

又厂部屬字弋雖不从厂，但《說文》謂爲从厂之虒字無古文字可徵，故厂字僅疑附於此：

447 厂部

第八種情形是屬字偏旁有純爲視覺效果而重複形體者，（可參《釋例》籀文好繁重）《說文》據此等字形說解，基於其「異形即異字」之錯誤觀念，只得析出重複之形體而說爲一獨立字。此類若屾部驫部，其屬字僅各一，且皆具一从單體的小篆重文，列之如下：

351 屾部嵞字

417 驫部原字

第九種情形同第三項第1類第二種情形，部首字素之相對形位與屬字中者不同，唯部首爲離析偏旁而成。

199 舛部舝字

第十種情形同第三項第2類第一種情形，屬字因於字形演變規律而變形，

〔註7〕西周金文之字形尚有塊面構成，約至戰國時古文字方成爲純線條之構成，小篆線條雖已極規整但未具筆畫分類，侯馬盟書、雲夢秦簡雖有書寫之跡亦未必有具有筆畫分類的成熟觀念，筆畫分類觀念之形成當極晚。

唯部首爲離析偏旁而成。

016 八部余字

第十一種情形同第三項第 2 類第二種情形，屬字因同化作用而變形，唯部首爲離析偏旁而成。

057 誩部競

016 八部曾、尙、豙、公四字

024 吅部嚴、單二字

343 勹部匀、旬、匌、匓、冢五字

230 𨛜部鄉字

第十二種情形同第三項第 2 類第三種情形，屬字爲別嫌而變形，唯部首爲離析偏旁而成。

057 誩部譱、讟二字

199 舛部舞字

第十三種情形同第三項第 2 類第四種情形，屬字爲配合字說而變形，唯部首爲離析偏旁而成。

181 亼部舍字

二、屬字虛造類

屬字析出者其从屬關係雖即同形關係，但其屬字與部首皆具有特殊之形式關係，以藉部首證明屬字非虛造。以下分別討論之。

第一種情形是漢儒爲解某字，自字中析出一形，憑藉其與某部首形式上之正反關係，將之說爲獨立文字。如爲說解鬥字，自鬥字中析出厈形，謂爲「从反丮」，並藉丮字「執」義說其義爲「亦執也」。古文字中自有正反形皆爲字之例，如[illegible]、[illegible]，漢儒即據此虛造。此類例如下：

073 爪部爪字

074 丮部厈字

034 彳部亍字

229 邑部𨛜字

338 卪部𠨍字

第二種情形是漢儒爲解字，自某字中析出一形，憑藉其爲某部首之複體形式，將之說爲獨立文字。如爲說解巽字，自字中析出𢀩形，憑其爲卪之複體形而將之說爲一獨立字。古文字中固有偏旁之單複數皆成字之例，如木、林、森，漢儒即據此虛造。此類例如下：

184　入部㒳字

207　東部棘字

338　卪部𢀩字

362　豕部豩字

第三種情形是漢儒爲解字，自某字中析出一形，憑藉其爲形義相近之字素組成之形，將之說爲獨立文字。如爲說解降、絳等字，自字中析出夅形，憑其爲夊㐄二相近字之組合而將之說爲一獨立字。古文字中固有形義相近之字素組合成字者，如步字，漢儒即據此虛造。此類僅一例如下：

203　夊部夅字

第四種情形是漢儒爲解字，自某字中析出一形，憑藉某種說解模式，將之說爲獨立文字。如爲說解南字，自字中析出羊形，謂「从干，入一爲干，入二爲羊」，（案干字說解亦誤）似乎干字非虛造，那麼同一說解模式之羊字也非虛造。此類僅此一例，列之如下：

047　干部羊字

第五節　小　結

最後做一綜合性小結。《說文》能創立五百四十部最主要的是掌握了部首與屬字之从屬關係，而從文字實況來看，其所據以立部之从屬關係實有兩種，一種是形義的基本从屬關係，即義類關係；另一則是音義的語言孳生關係，即亦聲關係。其實，亦聲關係只是許慎基於學術的角度，特別予以重視而產生，並非爲某些字歸部之需要而生，基本从屬關係已足可掌握所有的字，而本文所分析之錯誤實例，主因《說文》依據錯誤之字形及錯誤之字形觀念而有，前者如一部元字，後者如亼部合字，所形成的問題屬具體層次，並非基本从屬關係此一概念有缺陷。

然而從《說文》錯誤之从屬關係實例中，我們可以見出許多文字現象是超出《說文》掌握的。約定與別嫌的觀念，便是《說文》所無，《說文》以爲文字點畫之意皆可說，但約定與別嫌所形成的字形只具有辨識作用，不具積極的表意作用，於是《說文》便不能掌握因二者所形成的字形。象形字與早期會意字的字形規律亦非《說文》所能掌握，象形字之字形只要能表現其所指之事物便可，有時正反左右無別。會意字之字形主依其表意需要而成，其中所指事物之字形與其事物之一般字形亦可不同，而《說文》無法理解，以爲「異形即異字」，而強行說字，致生錯誤之从屬關係。

字形之純形式變化規律亦非《說文》所能掌握，具體的變化規律，如•→一→二，抽象之變化原則，如同化，〔註 8〕及對整齊美觀之要求，如王筠所提之彣飾觀念，皆爲許氏所不知，此固因當時所見之古文字資料有限，根本無法瞭解此一問題，但若心中存有此一字形變化觀念，對無法合理說解之字形便不必強求說解，如畐與良二字形體差異那麼大，《說文》也照說不誤。

許氏所見古文字資料有限，以上所論並不在於苛責《說文》，而是藉助實例分析見出《說文》之不足所在，以爲學者憑藉《說文》認識古文字時之參考。然而《說文》卻也因爲對上述現象之認識不足，而形成錯誤之字形觀念。

首先是《說文》過度重視文字之字面形式，〔註 9〕王筠批評爲不能就事物本身之理說解文字，而「即字求字，且牽連它字以求此字，於古人制作之意隔」，如止字《說文》謂爲「下基」，即緣於此。對文字不同形體差異之重視，將同字異形之部首分別立部，亦緣於此。又基於「同形即同字，異形即異字」之觀念，而將獨體文字之正反、倒順、複重等字形信爲另一獨立文字，望文生意，因意制音，而在離析偏旁爲字之字形及注文形成一相同模式，我們雖不能謂此種模式之字皆爲離析偏旁而成，但在無資料可徵時，對於《說文》此種字當持一保留態度。

另外在對《說文》从屬關係之實貌作一番瞭解後，似乎《說文》有著極強烈的共時性（synchronic），〔註 10〕這或許是另一值得研究的課題了。

〔註 8〕 龍師於《中國文字學》從文字學的角度提出文字中的同化現象，完形心理學從認知的角度亦提出視覺同化理論，其論述廣泛而深入，可爲文字同化現象一科學上的說明。而在此理論下，當可對文字字形變化問題有更深入的瞭解，詳可參《藝術與視覺心理學》一書。

〔註 9〕 或許我們可以《藝術史的原則》一書所提的裝飾與模仿兩個概念來理解，所謂字面形式即從字形之裝飾性來看。

〔註 10〕 參索緒爾《普通語言學教程》第二章。

參考書目

一、專　書

（一）《說文解字》相關著作

1. 《說文解字詁林正補合編》，楊家駱主編，鼎文書局，民國83年3月三版。
2. 《說文解字韻譜序》，徐鉉。
3. 《說文管見・說文分部》，胡秉虔。
4. 《說文補例》，張度。
5. 《文始敘例》，章炳麟。
6. 《說文分部說》，林兆豐。
7. 《說文舉例》，陳瑑。
8. 《說文解字注》，段玉裁著，黎明文化事業公司，民國79年8月增七版。
9. 《說文義證》，桂馥撰，商務印書館，民國64年。
10. 《說文釋例》，王筠撰，世界書局，民國50年初版。
11. 《說文解字引通人說攷》，馬宗霍撰，臺灣學生書局，民國62年2月景印初版。
12. 《說文解字綜合研究》，江舉謙，台北，自印，民國71年10月四版。
13. 《怎樣學習說文解字》，章季濤著，群玉堂，民國80年初版。
14. 《說文部首研究》，李徹，師大中研碩論，民國76年5月。
15. 《說文解字分部法研究》，巫俊勳撰，輔大中研碩論，民國83年5月。

（二）文字相關著作

1. 《漢語古文字字形表》，徐中舒主編，文史哲出版社，民國77年4月再版。

2. 《甲骨文字集釋》，李孝定編述，中研院史語所，民國 80 年 3 月五版。
3. 《甲骨文編》，中科院考古研究所編，中華書局，1992 年 2 月一版一刷。
4. 《甲骨文字典》，徐中舒主編，四川辭書出版社，1990 年 9 月一版一刷。
5. 《金文詁林》，周法高主編，香港中文大學，1975 年出版。
6. 《金文編》，容庚編著，中華書局，1992 年 3 月一版三刷。
7. 《文源》，林義光，民國 9 年寫印本。
8. 《中國文字學》（定本），龍宇純著，民國 83 年 9 月六版。
9. 《古文字研究簡論》，林澐著，吉林大學出版，1986 年 9 月一版一刷。
10. 《高明小學論叢》，高明著，黎明文化事業公司，民國 60 年初版。
11. 《古文字論集》，裘錫圭著，中華書局，1992 年 8 月一版一刷。
12. 《急就篇》，史游撰，岳麓書社，1989 年一版。
13. 《篆隸萬象名義》，東大寺沙門大僧都空海撰，日本崇文叢書縮印本。

（三）其　它

1. 《尚書正義》（十三經注疏附校勘記）清・阮元校勘，大化書局，民國 78 年 10 月四版。
2. 《毛詩正義》（十三經注疏附校勘記）清・阮元校勘，大化書局，民國 78 年 10 月四版。
3. 《周禮注疏》（十三經注疏附校勘記）清・阮元校勘，大化書局，民國 78 年 10 月四版。
4. 《春秋左傳正義》（十三經注疏附校勘記）清・阮元校勘，大化書局，民國 78 年 10 月四版。
5. 《論語注疏》（十三經注疏附校勘記）清・阮元校勘，大化書局，民國 78 年 10 月四版。
6. 《爾雅注疏》（十三經注疏附校勘記）清・阮元校勘，大化書局，民國 78 年 10 月四版。
7. 《孟子注疏》（十三經注疏附校勘記）清・阮元校勘，大化書局，民國 78 年 10 月四版。
8. 《荀子集解》，王先謙撰，藝文印書館，民國 77 年 6 月五版。
9. 《荀子論集》，龍宇純著，臺灣學生書局，民國 76 年 4 月初版。
10. 《顏氏家訓》（諸子集成），顏之推著，上海書店影印出版，1991 年 10 月一版六刷。
11. 《新序》，劉向撰，世界書局，民國 47 年。
12. 《風俗通義》，應劭撰，世界書局，民國 52 年。
13. 《日知錄》，顧炎武撰，商務印書館，民國 28 年。
14. 《漢書》，班固撰、顏師古注，宏業出版，民國 61 年 6 月。
15. 《後漢書》，范曄撰、李賢注，宏業出版，民國 61 年 6 月。

16. 《中國歷代經籍典》，第五冊小學部，臺灣中華書局，民國59年10月臺一版。
17. 《古微書》，明、孫彀編，商務出版，叢書集成初編，民國28年12月初版。
18. 《讖緯論略》，鍾肇鵬著，洪葉文化事業公司，1994年9月初版一刷。
19. 《中國字典史略》，劉葉秋著，漢京文化事業有限公司，民國73年3月25日初版。
20. 《普通語言學教程》，索緒爾著，弘文館出版，民國74年10月初版。
21. 《藝術與視覺心理學》，安海姆著，李長俊譯，雄獅經銷，1982年9月再版修訂。
22. 《藝術史的原則》，韓瑞屈・沃夫林著，曾雅雲譯，雄獅出版，民國76年12月初版。

二、期刊論文

(一)《說文解字》相關著作

1. 〈說文讀記之一〉，龍宇純，《東海學報》三十三卷，東海大學，民國81年6月。
2. 〈說文解字之編次〉，陳新雄，木鐸五、六期合刊。
3. 〈說文部首刪正〉，何大定，《中山大學語言歷史研究所集刊》，第九集，第105期。
4. 〈論非形聲字的歸部及《說文解字》部首的形成〉，薛克謬，《河北大學學報》1987年第3期。
5. 〈說文正文重出字之商兑〉，蔡信發，《第三屆中國文字學國際學術研討會論文集》，輔仁大學出版社，民國81年6月初版。
6. 〈太平經與說文解字〉，饒宗頤，《大陸雜誌語文叢書》，第三輯第三冊。
7. 〈說文古文「子」字考〉，龍宇純，《大陸雜誌》第二十一卷第一第二期合刊。

(二)文字相關著作

1. 〈阜陽漢簡《倉頡篇》〉，大陸文物局古文獻研究室安徽省阜陽地區博物館阜陽漢簡整理組，《文物》，1983年第2期。
2. 〈會意字歸部辨析〉，高一勇，《河北大學學報》，哲社版，1987年第3期。
3. 〈同形異字〉，戴君仁，《臺大文史哲學報》第十二期。
4. 〈廣同形異字〉，龍宇純，《臺大文史哲學報》第三十六期。
5. 〈說羸與羸〉，龍宇純，《大陸雜誌》第十九卷第二期。
6. 〈說簠𠥂[illegible][illegible]及其相關問題〉，龍宇純，《中研院史語所集刊》第六十四本。
7. 〈甲骨金文[illegible]字及其相關問題〉，龍宇純，《中研院史語所集刊——故院長胡適先生紀念論文集》。